恒 吟 续 集

吴硕贤 著

中国城市出版社

图书在版编目（CIP）数据

恒吟续集 / 吴硕贤著 . —北京：中国城市出版社，
2022.8

ISBN 978-7-5074-3499-6

Ⅰ.①恒… Ⅱ.①吴… Ⅲ.①诗词—作品集—中国—
当代 Ⅳ.① I227

中国版本图书馆 CIP 数据核字（2022）第 139817 号

　　本书收入作者 1567 首诗词曲作品，它们分别创作于 2018~2021 年。这些诗作概括起来有如下三个特点：一是题材广泛。诗作内容涉及作者对人生的感悟，对情感的表达，对治学做研究的心得以及对社会事件与现象的记述等。其中有大量咏物诗，吟咏对象包括动植物、自然现象与风光等。尚有不少科普诗，描述对象包括作者所从事的人居环境科学（含建筑学、城乡规划学与风景园林学）以及其他科技门类；二是体裁多样。作品除了绝句、五律、七律外，还有大量词和曲作；三是语言平实，通俗易懂。作者主张并力行以平实的语言和通俗的风格来写作诗词，目的是让广大读者能看得懂，并容易接受与欣赏。这一点在当今继承与弘扬我国传统诗词文化事业中尤为重要。

　　本书可供广大诗词爱好者阅读参考。

责任编辑：吴宇江　许顺法
责任校对：芦欣甜

恒吟续集

吴硕贤　著

*

中国城市出版社出版、发行（北京海淀三里河路9号）
各地新华书店、建筑书店经销
北京雅盈中佳图文设计公司制版
北京君升印刷有限公司印刷

*

开本：880毫米×1230毫米　1/32　印张：14$\frac{3}{8}$　字数：252千字
2022年8月第一版　2022年8月第一次印刷
定价：**58.00**元
ISBN 978-7-5074-3499-6
　　　（904493）

近年数度
到江南
有幸多逢
雪满天
惜我花残
无此种
殷勤一夜
舞君前

吴硕贤

枫林过
地色理
斓遥
逞如月
野火燃
槭叶眈
心宵牵
生光逼
热立御
秋寒
枫树

乙亥秋
吴硕贤

君住江
之此吾
居此兮
南悠悠
思念苦
量子互
纠缠

硕贤 🔲

做大恒星一
点银天河碌
转衷星云
茫茫守宙
望云城
吾辈巨巨诚
渺小与之相
比等纤尘
处穷此极是
思心深深少

姜硕贤 🔲

前言

本人于 2016 年 9 月 10 日教师节，开始建立由我及我所指导的研究生组成的微信群。当时我答应弟子每日在群里发表一首诗词。我说到做到，坚持了五年。截至 2021 年教师节，我平均每天在群上发布一首诗作，有时还不止一首。统计下来，这五年间共创作了 2170 首诗词曲作品。其中，曾在 2017 年由华南理工大学出版社出版的《吴硕贤序跋诗文集》中发表了 241 首，又在 2018 年 9 月由中国建筑工业出版社出版的《恒吟集——每日一诗词》中发表了 365 首（该书共发表 400 首作品，但其中有 35 首为组诗作品，曾在《吴硕贤序跋诗文集》中发表过，为组诗完整起见，又在该书中再次收入）。余下的 1567 首诗词曲作品将在本书中依 2018 年、2019 年、2020 年及 2021 年分四辑发表。

本人的这些诗作，概括起来有如下三个特点：一是题材广泛。诗作内容涉及对人生的感悟，对情感的表达，对治学做研究的心得以及对社会事件与现象的记述等。其中有大量咏物诗，吟咏对象包括动植物、自然现象与风光等。尚有不少科普诗，描述对象包括本人所从事的人居环境科学（含建筑学、城乡规划学与风景园林学）以及其他科技门类。目的是希望能起到诗史的作用，供后人借以了解我们所处的历史时代；二是体裁多样。作品除了绝句、五律、七律外，还有大量词和曲作。自 2019 年起，我开始对元曲小令发生兴趣。我认为元曲是继唐诗宋词之后又一种重要的文学遗产，值得继承与弘扬。可惜在当今作者中创作曲作品者较少。元曲小令具有平仄通协的特点，常一韵到底，且注意区分上去声，重视去声在音韵中的作用，使其诵读起来，更为铿锵生动。为了在广大青少年中进一步普及元曲，我勉为其难，努力创作了不少曲作，以引起读者对这一文学传统的兴趣与重视；三是语言平实，通俗易懂。我主张并力行以平实的语言和通俗的风格来写作诗词，目的是让广大读者能看得懂，容易接受与欣赏。这一点我认为在当今继承与弘扬我国传统诗词文化事业中尤为重要。

我所创作的作品，除了在弟子群中发表外，也顺手转发到其他诗词群及科技群中，获得广大群友的欢迎。许多人表示他们已习惯于每天清晨等候与阅读我的诗作。我用如下两首诗来回顾总结我的五年写作经历：

每日一诗感赋

每日诗成报晓鸡，清晨总是按时啼。

诸君已惯醒来读，此刻天涯共点犀。

恒吟感赋

五年恒日咏，收获两千诗。

雨燕勤捐唾，春蚕乐吐丝。

常思心敏捷，广虑意飞驰。

不怕多施压，人生贵久持。

我为能在青少年、科技工作者以及普通读者中普及、继承与弘扬我国传统诗词文化略尽绵薄之力感到莫大的欣慰！

目录

第一辑 2018年作品

第二辑　2019 年作品

21

第三辑 2020 年作品

31

第四辑　2021 年作品

37

第一辑
2018 年作品

1. 风筝

仙女章鱼与彩鸢，风筝形制竞新妍。
且凭空气浮升力，送尔高翔丽日天。

2. 四月天

重到人间四月天，蜂声鸟语共喧阗。
东君既发李桃艳，又放心花百亩妍。

3. 绿花

春来树木更新叶，嫩绿如云色泽奢。
芳谱纵然无录入，我言不逊紫红花。

4. 国画

中华绘画历时长，螺祖纹衣揭始章。
状水摹山闻水响，描禽点目恐禽翔。
推崇写意多留白，着力形真巧染苍。
成竹在胸挥笔就，观瞻佳作满琳琅。

5. 水调歌头【海口】

数次游三亚，海口又成行。
海风吹拂椰树，兼逐海潮生。碧浪遥看无际，时见渔船驶过，岸际白沙明。

楼宇连宾馆，现热带风情。

到冬日，更加是，盛事兴。

人潮涌至，恰似候鸟暂栖停。

此地如春天气，又免雾霾弥漫，实乃避寒城。

旅客居多者，东北与燕京。

6. 白浪

碧海风吹素浪翻，千条银线入眸帘。

恍如鸥鸟翔波面，疑似白豚跃水间。

7. 古琴

先祖造琴始，三千五百年。

玉徽镶定律，丝索振余弦。

素手轻轻拨，清心续续弹。

余音悠且远，古韵继桓谭。

8. 上海大歌剧院声学顾问技术比选专家评审记事

欲建申城大剧场，形如折扇面清江。

拟投二九亿元款，思设两千零席堂。

音质辉煌谋至上，装潢典雅盼无双。

应邀我主评标会，盛事欣然共举襄。

9. 都市公寓一

万千公寓矗云空，密密匝匝楼影重。

多少人间才智士，隐藏红壁白窗中。

10. 都市公寓二

公寓如同杂舞台，千家剧目此编排。

空间用以装生活，设计还须细剪裁。

11. 百步梯

百步台阶石径斜，青萝两侧护边崖。

老夫喜迈攀登路，为探冈头几树花。

12. 珠海第 14 届国际绿建大会

沧海聚珠盛会开，商量绿建献谋来。

能源节约凭斯举，环境澄清仰众才。

楼宇健康民忻悦，城乡生态鸟徘徊。

神州美丽衷心愿，湛碧长空扫雾霾。

13. 记忆

眼睛摄入脑深存，图像万千色泽新。

数十年来鲜未褪，录音依旧耳边闻。

14. 忧思

ＡＩ技术行迷径，机器杀人究可哀。

一旦群蜂施毒刺，黎民生境必成灾。

15. 心得

研发常须日久长，依凭反馈究精详。

短平快就鲜佳果，尤忌一枪换一方。

16. 钱

原初皆易物，随后发明钱。

贝壳曾经使，金银渐次专。

流通因便利，售购去麻烦。

货币今虚化，成交弹指间。

17. 有感

一生在世应思谋，身后人间何物留。

豪富资财传两代，名家作品咏千秋。

英雄事迹赢民誉，太后珍奇惹盗偷。
三立之言洵至理，平凡嘉德亦风流。

18. 述志

百载人生过隙驹，安于三室暂栖居。
一心只把文丝吐，欲效春蚕志不渝。

19. 车行高速路上

车如流水路如河，急速穿行快似梭。
驶过长陂舒望眼，角梅红艳缀青坡。

20. 科研

何为科研大前提？承认未知激好奇。
细致多方观事实，厘清规律证猜疑。

21. 回忆

人生历历过心屏，亦有声音亦有形。
播放随机更次序，依依难忘旧时情。

22. 春

晴天还雨日，乍暖复寒时。

毕竟阳趋盛，新花著万枝。

23. 桃花

风和阳律动，桃木发春情。

难抑心头热，争相放粉英。

24. 荷花

荷花心自静，饮水纳风凉。

炎暑能潇洒，还凭薄绮裳。

25. 菊花

秋高天气爽，赏菊正当时。

万瓣舒柔秀，赢来百赞诗。

26. 梅花

冬季梅花放，微醺辅靥红。

携朋松与竹，合影画图中。

27. 量子物理

微观世界何描述？量子纠缠实妙奇。

毋照常规来设想，可依概率作先期。

粒波二象难精测，暗物多方待证疑。

探索茫茫无止境，未知渺渺望云迷。

28. 质能互易

电子同光子，有无生灭中。

捕能形化质，反则幻成空。

29. 薛定谔之猫

薛猫死活难先判，概率随机对半开。

一旦人来观事实，分明结果不须猜。

30. 太阳

太阳明亮镜，实乃大熔炉。

聚变时时发，光能续续输。

千秋辉玉兔，万代仰金乌。

恩泽施恒久，山青海不枯。

31. 月亮

太阳行勇健，月亮显温柔。

纵有弯亏缺，还将圆满留。

偶逢云影挡，总把玉辉投。

举酒邀君饮，能销世上愁。

32. 星星

三光日月星，璀璨耀天庭。

汇就银河水，摆成北斗形。

苍茫穷探索，浩渺待澄清。

类比音源阵，深空发远声。

33. 路边花

高速路边放，红黄夹杂妍。

车流身侧过，厌否噪声喧?

34. 郁金香

众郁金香尽举杯，随风轻摆舞姿回。

佳醴既注心陶醉，互贺青春共饮醅。

35. 天马

昔人谋速达，天马故难求。

赤兔驰疆域，的卢越堑沟。

良驹披辔靷，勇士着兜鍪。

骐骥呈奇相，还经伯乐眸。

36. 郑和下西洋

郑和船队下西洋，百艘扬帆蔽日光。

器物精良惊异域，威仪隆盛震番邦。

经营海上丝绸路，开拓中华文化疆。

惜未谋寻新大陆，功勋远逊麦哥航。

37. 一箭五星

一箭发多星，长征送远行。

巡天遥测地，赖有火睛明。

38. 炒肝

昔在京城住，因之爱炒肝。

蒜茸勾芡薄，杂碎烩羹鲜。

一碗温肠暖，三分御雪寒。

民间名小吃，最是易流传。

39. 饮食新招

饮食新花样，干冰吐雾浓。

桃糕装树干，乳鸽入樊笼。

笔杆安酥饼，羹汤注榼盅。

商家多揽客，吃者乐其中。

40. 小米

平生之嗜好，喜食粟熬粥。

小米颗颗细，黄糜碗碗稠。

唯须咸菜佐，便觉齿香留。

昔与枪相助，红旗插九州。

41. 腐乳

中华之美食，宋代即流传。

酵素依霉菌，基坯乃豆干。

锌元兼钙质，蛋白又氨酸。

适口香浓郁，时餐益寿年。

42. 劳动节有感

商学与工农，东西南北中。

成功皆出彩，劳动最光荣。

常志夯基实，恒心创业鸿。

十年磨一剑，凌厉看青锋。

43.地球居

宇宙真奇妙，尤其是地球。

洋洋乎物态，沛沛兮能流。

色味同声臭，冬春与夏秋。

循环周复始，旋进应无休。

44.儿童

含苞娇未放，蝌蚪待成蛙。

乳燕舒新翅，晨曦映淡霞。

童心初识世，白纸任描花。

祖国之希望，繁荣始幼芽。

45.国之工匠

劳动光荣出大咖，国之工匠众人夸。

熟能生巧无旁道，成益求精达顶崖。

重器尤须消隐患，核芯更应祛微瑕。

平凡岗位不平淡，每有星辰耀彩华。

46. 圆珠笔

小小钢球作笔尖，分流墨汁顺槽间。

其中亦涉高科技，精密车珠始得圆。

47. 忆观《护士日记》

——兼怀王丹凤女士

燕子当年赴北疆，筑巢工地唱春光。

红灯耀野萌情谊，热火朝天建厂房。

靓影银屏明稚目，清歌剧院绕圆梁。

伊人已逝芳姿在，熠熠生辉脑际藏。

48. 观央视五四晚会

大中男女生，才艺竞纷呈。

共度青春节，互燃欢乐情。

欣歌兼合舞，吟诵又扬旌。

多少逸群士，齐将国运撑。

49. 乒坛传奇

小球曾慰少年心，犹记当时美冠军。

选手排名铭烂熟，明星列阵论精深。

乒台活跃儿童影，胶板萦牵稚子魂。

续写传奇逾半纪，雄风不减到如今。

50. 雅村文化空间

文化空间辟雅村，每周活动入人心。

粉丝情切鱼亲水，名士才高鹤傍云。

讲座从容谈侃侃，弦歌婉转响纷纷。

和风细雨滋苗壮，润泽熏陶万木春。

51. 与同窗学友相聚文津酒店

相聚在文津，重逢格外亲。

三巡杯酒浅，一转话题新。

虽染银丝发，犹存赤子心。

酡颜添兴奋，临别带微醺。

52. 参观清华博物馆（一）

有幸参观毕，清华博馆楼。

陶瓷藏上品，书画出名流。

战国千年简，明朝百载绸。

还须从器物，感性识春秋。

53.参观清华博物馆（二）

竹简弥珍贵，先秦楚国存。

瓷瓶精且美，陶艺古超今。

虽是绢丝旧，依然墨色新。

娟娟余服饰，不见着衣人。

54.赞名校建博物馆

名校之传统，争相博馆修。

清华筠简展，哈佛宝珍收。

彪炳人文蔚，琳琅器物优。

熏陶诸弟子，倜傥更风流。

55.赠韩倚云

先从书画悉，今得睹芳颜。

不想科工女，竟超文学男。

交谈多共识，初见似深谙。

但愿才思永，心池涌锦澜。

56. 可怜母亲心

可怜天下母亲心，初跑线前费脑筋。

奥数钢琴同绘画，何时锦鲤跃龙门？

57. 忆江南【明月好】

明月好，皎洁挂银轮。

不令权豪多得月，无因贫贱客毫分。

光线洒均匀。

58. 忆小溪（一）

清流环绕小溪镇，瓦屋青砖嵌石门。

只为儿时居日久，此间景物总萦心。

59. 忆小溪（二）

两岸蔷薇开满枝，蝉儿高唱暑当时。

榕荫覆盖环湾处，正是天然戏水池。

60. 忆小溪（三）

小园柚树百棵栽，密叶浓荫护碧苔。

最盼秋天摘蜜果，儿童不请四方来。

61. 儿时食物一（面茶）

铜壶水沸笛声响，便引儿童到担前。

冲就面茶香四溢，当年此物最生馋。

62. 儿时食物二（浸柿）

灰水瓦缸浸柿黄，晾干表面尚余霜。

甘甜脆爽全无涩，放学时光喜品尝。

63. 儿时食物三（碗粿）

碗粿蒸成如软玉，竹刀划割四方痕。

葱油辣酱来相拌，一阵浓香沁舌根。

64. 长江经济带

长江华夏母亲河，滚滚东流逐浪波。

上下齐营经济带，北南共护绿边坡。

汤汤净水千轮过，郁郁生机万业和。

唤起群英多奉献，百年续唱复兴歌。

65. 声重放

喇叭百只摆成环，输入音频曲乐旋。

模拟三维听效美，消声室里赏丝弦。

66. 贺沈松友漳州书法展

东山耆宿善挥毫，客住台中望海潮。

晚岁乡愁萦不去，寄情桑梓展风骚。

67. 电风扇

摇头摆脑送清凉，欲令新风拂满堂。

助力空调消热气，无须避暑到山庄。

68. 日历

一沓花笺挂壁边，时时向你报今天。

每随日长身消瘦，总至年初始复原。

69. 钟表

昔日鸣钟报刻时，后来腕上摆游丝。

如今数字频频闪，子丑寅辰告尔知。

70. 广场舞

乐曲声中舞步移，大妈神态尽迷痴。

谁言年迈难重俏，且看翩翩胜少时。

71. 咏玫瑰

欲选花中之俊秀，此君无愧自超群。

一枝玫瑰呈情意，数首民歌表赞心。

多刺何妨欣采撷，浓香更令喜耕耘。

方闻蒸馏精油贵，又饮窖茶入舌馨。

72. 咏书籍

纸页装成册，墨香沁鼻闻。

文明凭记录，知识藉留存。

常阅目光邈，勤思智慧深。

如今多变体，光碟配音频。

73. 咏提子

分明圆玛瑙，岂料肉如饴。

黑李形相近，葡萄类可欺。

消炎清病毒，暖胃健心脾。

原产加州地，而今植北陲。

74. 剪刀

古今皆用它，利刃两分叉。

杠杆增筋压，弧圈适手抓。

修枝裁辫索，切布制窗花。

人类发明史，当将此物夸。

75. 冰雹

天降白玻珠，沉泥渐化无。

尘为凝结核，水是铸冰模。

重粒伤房舍，残骸砸果蔬。

夏秋多此害，乏计可消除。

76. 翻译

文字换文字，语言变语言。

思维凭领会，信息藉交传。

中外能通达，古今可续延。

地球村建立，赖此结因缘。

77. 拉链

昔日盘花纽，渐由此品专。

链牙交错列，织物并齐连。

衣合随心毕，箱开举手完。

发明诚不易，应用利民间。

78. 算盘

上珠对下珠，加减与乘除。

计算天文数，经营海量铢。

操盘凭口诀，记账免心估。

吾国发明此，千秋广用途。

79. 象棋

将相同兵卒，纵横炮马车。

规章遵守正，胜负别聪愚。

气定蠲焦虑，心宽享悦愉。

其间多博弈，棋局变须臾。

80. 木牛流马

木牛流马原车辆，诸葛发明运草粮。

栈道弯弯通剑阁，单轮滚滚越松冈。

三分禹甸谋当立，六出祁山计未偿。

巧虑奇思诚罕匹，然终形势比人强。

81. 留声机

爱氏发明功卓著，声音记录启端倪。

圆筒锡箔轻轻转，膜板槽纹细细移。

振动针尖成耦合，沟痕压力互相依。

当年一响惊人耳，玛丽羊羔破晓啼。

82. 电话机

贝氏发明通话机，声能远送破难题。

山歌应答唯千米，空谷回音仅百畦。

碳粒亲疏随语压，电流大小顺频移。

如今万里听倾诉，鸡犬相闻若未离。

83. 空调器

炎炎长夏火球烧，往昔愁眉乏计逃。

豪富乘凉山久住，常人挥汗扇频摇。

冷凝液质经蒸发，热吸溶晶转汽消。

开利之功诚至伟，民间避暑赖空调。

84. 贝多芬第五交响曲

管弦交响奏辉煌，天纵英才谱绚章。

旋律心潮随起伏，宫商气势辄高昂。

乐思激越湍流急，音韵铿锵凌汛狂。

一扫浮华如泡沫，千秋经典耀晴光。

85. 无题

清晨疾笔书笺稿，白发谁知兴更高。
不枉人间来一趟，多情且去赋诗骚。

86. 尺八箫

唐代东传尺八箫，唇吹指按乐波摇。
风行洞穴龙吟野，古调听来隔世遥。

87. 咖啡馆

西洋高校开咖馆，学术沙龙漫举行。
男女参差来聚会，师生陆续去休停。
多门专业相争辩，各路神仙互诉听。
启发思维功不没，他山之石擦星明。

88. 贺两院院士大会召开

耆宿中青济一堂，创新驱动计相商。
春天已届秋收近，五谷丰登硕果香。

89. 创新

科技攀登不畏难，红旗插上大山巅。
于无路处开新路，探索源头贵领先。

90. 荔枝

岭南佳果属离枝，桂味金球糯米糍。

剥透汁多如冻玉，晶莹核小似凝脂。

夕驰千里杨妃笑，日啖百颗苏子痴。

忆昔家中曾酿酒，开缸香气满庭墀。

91. 香蕉

漳州天宝出香蕉，百亩林园扇叶摇。

每至丰收黄灿灿，时逢摘果玉条条。

自然挂熟甜方好，它法催成味顿消。

多食能防高血压，增强免疫抗疲劳。

92. 甘蔗

甘蔗栽成片，朝阳节节高。

啃皮尝蜜汁，榨茎炼糖膏。

印度初先种，巴西后反超。

乙醇能制备，渣滓可燃烧。

93. 有感一

儿时崇拜海归生，仰望弥高若斗星。

今日方知须鉴别，掌中五指细量衡。

94. 有感二

人生孰重辨须清，在世荣华身后名。
短暂浮云终散尽，阳光经久放晴明。

95. 机器鱼

人工智造新成就，乱跳活蹦机器鱼。
跃浪潜波多自在，环礁绕壁任回迁。
江湖水下知深浅，舰艇洋中探实虚。
此物何时贪饵食，钓翁得意售郊墟。

96. 新汽车

从前车跑靠燃油，今日驱轮赖电流。
清洁能源分布广，浊污尾气减排优。
无人驾驶非科幻，全域导航可策谋。
绿色交通洵弗远，出行便利任遨游。

97. 醉花阴【皮炎】

浑身冒出红豆豆，搔痒真难受。
初仅扁平斑，后略隆张，渐变皮肤皱。

　　幸能遇见回春手，膏药加针灸。

　　免疫力提升，炎症消除，庶几康依旧。

98. 井底蛙

　　劝君莫学井中蛙，误认坑洼作海涯。

　　腹里分明无实货，偏能鼓舌叫呱呱。

99. 醉花阴【漫步清华园】

　　晨起清华园漫步，满眼青青树。

　　环耳鸟鸣声，才伏方兴，词曲谁人赋？

　　当年此地曾长住，探索攀登路。

　　往事不如烟，历历恒新，刻入心盘贮。

100. 题玉明兄夜景彩照

　　彩图摄得月双圆，一印湖心一佩天。

　　更有灯明花树丽，风光最美在人间。

101. 电影

　　电影发明经百载，新兴艺术霸全球。

　　静图变化凭连放，动画成真靠暂留。

蒙太奇教空切换，录音技令语交流。

如今模拟多维境，科幻仙居银幕投。

102. 少林功夫

奇僧出少林，苦练武功深。

手脚飞如鹘，刀枪弄有神。

姿摹禽与兽，态拟舞同醺。

动作磋磨久，养心又健身。

103. 荷叶

荷叶沾难湿，溜圆滚水珠。

如何尘迹褪？哪种面材涂？

微纳重层构，蜡颗乳突敷。

仿生多启示，应用广前途。

104. 醉花阴【合成器演奏】

手脚并用多才艺，管弦齐头起。

单键响和弦，锣鼓交加，协奏音华丽。

一人可顶全团队，功率高分贝。

科技益昌明，电子声频，音乐开新纪。

105. 摇篮

代替娘怀抱，摇篮初始床。

儿歌随节奏，宝贝入甜乡。

有梦知多少？无言费悉详。

婴孩唯卧睡，乳臭散微香。

106. 高考

昔日参高考，无心竟夺魁。

龙门轻一跃，鸟翼奋双飞。

学海寻航路，云帆挂顶桅。

回眸欣瞩望，百舸逐波追。

107. 醉花阴【台风】

海上风卷云水聚，盘旋寻登处。

呼啸扫山原，酷暑全消，下起倾盆雨。

可怜市镇成江浒，四处流如注。

规划值深思，注重无形，方免洪灾苦。

108. 翠鸟

小小珍禽名翠鸟，捕鱼能手水边巡。

欲将天下斑斓色，多染羽毛饰彩身。

109. 毕业一

告别同窗友，相辞教导师。

高冈今在望，策马独前驰。

110. 毕业二

数载匆匆过，师生聚一场。

当初青涩果，今散熟甜香。

111. 啤酒

大麦酿成味道殊，甘醇爽口胜屠苏。

最宜夏夜邀朋饮，玉液盈杯泡沫浮。

112. 鹊桥仙【梁祝】

三年游学，情深意笃，不辨同窗师妹。

长亭短驿送程程，曾约定，楼台相会。

佳期恨误，英台别嫁，郁郁身亡犹悔。

投坟化作蝶双飞。金曲颂，传奇凄美。

113. 围棋

黑白下围棋，千方布局奇。

输赢拼巧计，博弈赌心机。

四合收空目，三星固永基。

周盘鏖战急，逐鹿马长驰。

114. 雨声

夜来听雨声，向晚到三更。

滴答敲楼面，叮当落地坑。

琵琶抡指急，军鼓击槌腾。

欣赏奏鸣曲，疾徐乐段明。

115. 选择

过去终将向未来，聪明选择福门开。

谁言历史多歧路，命运之机一念裁。

116. 鸟唱

晨起鸟儿舒玉喉，欢歌一日又开头。

天天总羡珍禽好，雀跃莺飞不记愁。

117. 熔岩入海

熔岩入海起危云，热浪涌腾扑岸滨。

红舌思尝咸水味，长伸峡口乐吞津。

118. 毕业感言

达旦描图成记忆，甘辛五载已翻篇。

生涯笑傲堪期待，欲纵雏鹰入海天。

119. 端午节

香粽投江底，龙舟端午行。

民心千古在，百载获公评。

120. 蝶恋花【端午节】

芒果已收龙眼小，端午来临，粽子香萦绕。

纪念屈原情未了，龙舟竞渡江波淼。

艾叶菖蒲烟气渺，沐浴兰汤，唯作先风考。

习俗于今承继少，非遗文化须多保。

121. 福州西湖一

各处有西湖，榕城亦不孤。

今宵来再宿，昔日忆重甦。

花树香飘逸，雨烟景湿糊。

市中存此地，闹密获宽舒。

122. 福州西湖二

西湖今再访，景物与前殊。

侧畔新楼立，环边木道铺。

穿梭游艇织，围合绿蒲浮。

禽鸟时飞过，祥和好画图。

123. 鼓山

鼓山青黛墨云飞，藤树萦纡巨石危。

间有题词留史迹，好风送我下坡归。

124. 蝶恋花【电视观世足赛一】

电钮一开真热闹，转瞬银屏，呈现缤纷貌。
二十健儿场上跑，满台观众呼声吵。

闻道俄京球赛报，沙特何堪，五比零输掉。
今夜无眠天欲晓，天涯海内同频道。

125. 蝶恋花【电视观世足赛二】

世足哨吹牵万脑，众目睽睽，盯着球儿跑。
多少球迷忧转笑，废餐忘寝无昏晓。

赛事冷门时爆料，南美雄师，无奈平冰岛。
小国剑锋今出鞘，业余兼职堪称道。

126. 蝶恋花【电视观世足赛三】

头足更超双手巧，小小圆球，盘着球星绕。
你夺我争无价宝，守门宁却忙推掉。

场上白光南北耀，脚起腾飞，射出弧形道。
胜负虽凭身手好，随机落点犹难料。

127. 蝶恋花【蝴蝶山居】

蝴蝶山边楼宇布，中学时光，在此长居住。

踏过田间青草路，青春岁月从容度。

一路红歌陪行步，旋律萦回，总在心头驻。

此景今常回首顾，山遥水远难重渡。

128. 绿色生活

奢华浪费寝难安，幸福从来本简单。

碳迹如今循可计，人人耗量薄分摊。

129. 寿山石

寿山之石世皆闻，温润斑斓独此存。

雕刻依材成艺品，神工天物结奇珍。

130. 烹饪

烹调艺术不平凡，无限功夫在舌尖。

师傅终生勤探索，形香色味贵精鲜。

131. 蝶恋花【魁岐】

协大红楼山麓缀。宝地魁岐，到处风光丽。

昔日吾曾居此地，站房建筑蓝图绘。

结构研深心欲醉，受压拉弯，巧把钢筋配。

自学痴迷终不悔，心中有梦堪宽慰。

132. 记漳州旧居

瑞京路侧曾修宅，闹市之中小巷藏。

两进窄居围水井，双层矮屋架杉梁。

后留狭地充花圃，旁隔斜棚作灶房。

寒士虽然无丽舍，琴书依旧焕文光。

133. 鼎边糊

漳州小吃鼎边糊，趁热铁锅浆米铺。

亦学成人蹲凳食，三分一碗百忧无。

134. 油菜花

油菜花开遍野香，染成一片醉心黄。

八方游客来观赏，更比熙熙蜂蝶忙。

135. 蚵仔煎

桑梓喜蚵煎，蒜荽鸭蛋摊。

热油明火制，生粉茺浆粘。

亦可胡椒拌，尤宜醢汁沾。

风靡名小吃，无胫走东南。

136. 厦门薄饼

厦门尝薄饼，味道美滋滋。

杂料熬香馅，蛋皮切细丝。

花生磨似粟，海蛎烩如糜。

面卷包之食，闽人作不辞。

137. 学界疑思一

人才帽子满空飞，表格三天填两回。

冠盖加头偿夙愿，一心又盼夺金杯。

138. 学界疑思二

板凳才温三日热，论文潇洒写多篇。

创新成果频频出，鉴定书中尽领先。

139. 厦门白鹭洲公园

湖面波明滟，音泉曲乐扬。

多花些许艳，有水几分凉。

遥望女神静，近看白鹭翔。

市民常去处，游客乐观光。

140. 武夷岩茶

岩茶啜饮口留香，玉液玻杯琥珀光。

庆幸先农培此品，令消暑渴获清凉。

141. 平和故宅半野轩

修宅庙坑村，如今已不存。

泥砖灰面素，菜地韭苗新。

龙眼栽庭院，鞍峰对户门。

双间栖五口，半野隐斯文。

142. 云锦

几处天宫织锦霞，白云万朵作棉花。

何当派遣群仙女，机杼三千待纺纱。

143. 土笋冻

海滩出蠕虫，熬煮冻胶浓。

芥末掺陈醋，酱油拌蒜蓉。

外观诚独特，口感自无同。

食此泉州始，如今遍闽东。

144. 杭州全球旗袍日

中洋美女秀旗袍，绸伞轻盈上断桥。

难怪人称姿色好，素贞未有此妖娆。

145. 蝶恋花【鄂尔多斯舞】

中学女生年正少，鄂尔多斯，伴着民歌跳。

扭胯抖肩欣舞蹈，含羞带涩娇容俏。

挤奶驱羊骑马跑，肢体能言，

表达新生貌。欲识身姿多窈窕，

清风拂过高原草。

146. 听海伦娜·菲舍尔演唱

仙籁之音难得闻，高歌一阕遏天云。

喉腔声带相谐振，万斛清波悦耳心。

147. 诗痴一

沉湎诗湖难自拔，词如流水注清波。
池塘漫溢无声息，唯见稿笺渐积多。

148. 诗痴二

每日一诗未见多，总因喉痒放声歌。
身边百事堪吟咏，不觉新丝又满笥。

149. 古井

盈盈村井水，不竭涌源泉。
榕树遮阴翳，冈岩砌护栏。
沙层滤洁净，矿物致甘甜。
邻里交流处，民生赖续延。

150. 学手风琴

少时迷恋手风琴，拉压音箱簧片吟。
十指键盘灵巧舞，声如瀑布泻高岑。

151. 夏蚊

自驾飞机野外飘，穿窗入室乐逍遥。
耳边播放回旋曲，暗地红包赠尔曹。

152. 冬虫夏草

夏似草来冬是虫，常生青藏野山中。

因传此物多疗效，遂比黄金价格隆。

153. 暑天好雨

乌云弥漫压楼低，一阵风吹扫北西。

好雨南来携冷至，炎天暑热顿披靡。

154. 苍蝇

自驾飞行乐趣多，航空管制奈吾何。

盘中最爱尝甘食，暂且低旋暂且歌。

155. 浣溪沙【仰止亭】

仰止山峰仰止亭，小亭俯瞰百花荣，

校园景物四时明。

无可奈何时逝去，唯能回味少年情，

青梅竹马总心萦。

156. 观严屏雨舞蹈

笑笑多天赋，惊鸿展翅飞。

仙童群舞起，藏女洗衣归。

角度偏无美，柔姿过损辉。

风荷池上举，杨柳岸边垂。

157. 海洋

大海深洋何浩瀚，碧波万顷望无头。

男儿气概当如是，腹里鲸鲲破浪游。

158. 华安二宜楼

乾隆盛代到于今，屹立圆楼旧似新。

背靠蜈蚣朝曲水，傍依狮虎对青岑。

双环屋宇围深院，一隐通廊贯众门。

易守宜居精设计，世遗建筑贵堪珍。

159. 醒狮

睁眼舔身跳木桩，雄狮亦喜彩红装。

一闻锣鼓精神奋，节庆时光送吉祥。

160. 舞龙

长竿擎起金龙舞，灵动蜿蜒欲夺珠。

走巷穿街添吉庆，儿童跟进乐何如。

161. 江夜行船

月浸寒江泛水明，船行拨浪破潮平。

波摇影动涟漪起，梦醒唯闻欸乃声。

162. 虫洞

虫洞当中灯阵明，更新色彩与图形。

穿经隧道将何往，光景乾坤作旅行。

163. 浣溪沙【迎新】

南粤初秋绿满畦，素馨几树系新栽，

红楼依旧作书斋。

昔日门生终别去，少年新秀已招来，

校园今始为君开。

164. 和田玉

和田生美玉，历史数千年。

西母亲呈宝，穆王自采岩。

羊脂雕饰件，闪石制青盘。

珍矿输东国，桑麻出汉关。

165. 紫薇

谁言入夏红偏少，园内紫薇正放花。

百日繁开鲜欲醉，长枝撩住一堆霞。

166. 浣溪沙【水饺一】

韭菜三鲜亦用芹，香油肉末拌均匀。

面皮包馅若馄饨。

可炸可蒸宜水煮，逢年过节食盈盆。

合家老小享天伦。

167. 浣溪沙【水饺二】

面裹馅心压紧唇，亦能素食亦能荤。

锅中水沸看浮沉。

南北东西皆喜好，菜肴主食一齐吞。
每尝此物倍思亲。

168. 光盘

小小光盘学问多，万千书籍尽搜罗。
经纶满腹藏无露，识者称其大百科。

169. 理发

型师手艺高，五指巧操刀。
理毕头丝短，修成鬓发寥。
任其增皱褶，无复束垂髫。
只要心龄少，何妨岁月凋。

170. 功夫茶

闽人喜品茗，炭火水泉烹。
蟹眼汤初熟，陶壶沫盖成。
关公巡市缓，韩信点兵轻。
一饮甘侵舌，清风腋下生。

171. 贺广东省科协九大召开

岭南科圃众耕耘，细作精培汗水淋。
秋实春华诚可待，花荣果硕赖根深。

172. 饮酒

微醉觉飘然，饮多吐实言。
美人桃面掩，名士玉山颠。
灵感生难待，烦愁忘未全。
尚书存酒诰，慎结杜康缘。

173. 季节

枯黄一叶知秋至，初唱蝉声告夏来。
蓓蕾含苞春不远，冬天时见雪花开。

174. 菩萨蛮【假期】

紫薇鸡蛋花开半，艳阳高照催生汗。
盼有海云生，南溟送好风。

学生多去校，寂寞校园道。
独自且依窗，读书闻墨香。

175. 菩萨蛮【捉蜻蜓】

儿时喜见蜻蜓舞，长身薄翅圆睛鼓。

款款落蒲尖，盘旋转水边。

凝神轻脚步，屏息蹑泥路。

捉住乐陶陶，细绳束细腰。

176. 二胡

二索别音高，弦声四溢飘。

蟒皮为振膜，马尾作弓毛。

月映泉流响，风吹松叶摇。

宫商相协美，合奏伴笙箫。

177. 扬琴

钢丝数十弦，琴马布其间。

上下轮番击，交叉错杂弹。

琮琤敲玉斗，镗嗒裂冰盘。

奏喜洋洋曲，阗阗汇百澜。

178. 人生相聚

时空此刻同，轨迹汇交重。

珍惜因缘会，感恩尘世逢。

之前分远近，别后各西东。

再聚何由预，天涯印足踪。

179. 人与猫

夏日庭园坐，猫蹲草荓中。

目光相对视，信息互交通。

彼此虽存在，感知料不同。

何当从异类，了解共时空。

180. 菩萨蛮【习书】

黄宣铺案书新赋，我充导演羊毫舞。

墨线起翩跹，惊鸿翔纸间。

百年留笔迹，装裱印成册。

阅者对沉吟，可知此刻心？

181. 赞莱特兄弟

人类久怀张翅梦，多亏莱特首功成。
精研动力明机理，巧控升冲改翼型。
风洞之中勤实验，先驱肩上探前程。
弟兄事迹铭青史，开创航空伟业丰。

182. 火龙果

果名曰火龙，卵状表皮红。
鳞片包形外，芝麻撒肉中。
清香甜可口，润质益滋容。
放眼田园看，风飘烈焰熊。

183. 含羞草

晴开夜合形如羽，一触低垂状似羞。
草木犹能明举止，人间应效物之尤。

184. 大匠

专心致志事方精，师旷熏睛为享听。
到死春蚕唯作茧，终生织女只编绫。
白头大匠能穷理，皓首高僧可识经。
不羡他山超此岭，行行业业出魁英。

185. 早操

孩提到老喜晨操，最忆红巾映日飘。

左右伸躯将腿压，交叉甩手把头摇。

常因体硬虚摸地，总为椎凸半屈腰。

多练舒筋兼活络，还童意愿尚难消。

186. 厦漳路上

芗城鹭岛半时通，快道蜿蜒越岭峰。

坐驾巡观千叶碧，隔窗遥看百花红。

楼房渐挤农田地，龙眼多遮荔树丛。

且喜迎眸桑梓景，近乡更引怵情浓。

187. 小茶几

娇巧小茶几，酸枝木凿成。

蟠桃雕细致，玉石嵌精平。

无意听私语，缄言证笃诚。

有心邀对饮，羞默感恩情。

188. 思齐

愿效先贤范，诚平待众俦。

有情心易软，少恨意常柔。

乐助何图报，施恩岂盼酬。

思将噙草食，化作奶汤流。

189. 诏安猫仔粥

家乡名小吃，近日喜初尝。

虾枣肉丸现，鱿丝蚬舌藏。

芫荽芹菜末，粥饭骨头汤。

三碗犹思食，长为丹诏郎。

190. 漳州中山公园

几多记忆系公园，思绪回牵甲子前。

馆室欣观书画展，廊庭喜揭字谜签。

锦歌场外闻歌乐，讲古摊中识古贤。

一派榕荫遮蔽处，当年曾演霸王鞭。

191. 观友人所藏茶具

友人名字曰榕飞，示我珍藏罐与杯。

成化康乾存旧品，大彬孟逸贯沉雷。

陶壶细润呈丹色，瓷碗晶莹透玉辉。

侃侃而谈明典故，片时胜读卷多回。

192. 打拳头卖膏药

铜锣一响即开张，卖药揎拳走四乡。
耍蟒牵猴人气旺，使枪弄棒硬功强。
村墟县镇谋销地，散剂膏丸配秘方。
最爱聆听推售语，琅琅押韵入心房。

193. 挂钟

七寸玻盘挂壁边，分分秒秒报时间。
不因事急催加速，岂为工余暂赋闲。
按部就班匀步伐，循规蹈矩转圆圈。
君如作业吾陪伴，尔卧深宵我未眠。

194. 穿越

常思穿越到前朝，欲与先贤共饮醪。
米芾其昌求墨迹，东坡杜甫咏诗骚。
熏风坐沐文人气，雅量平添名士豪。
何处桃源寻渡口，烟波森森鬓萧萧。

195. 苏州可园

清季兼书院，可园尤可心。
临楼观秀色，登舫赏银鳞。

荷映池塘影，蝉鸣柳树阴。

思维谋致远，还赖境幽深。

196. 沧浪亭

沧浪亭中沧浪亭，登临浏览景幽清。

复廊就势环园建，馆榭依形绕水营。

秀竹千竿修影翠，漏窗百款透光明。

名联一对含深义，重访流连慰别情。

197. 苏大博物馆

东吴百载名，苏大续传承。

博馆菁华秀，碑廊笔迹明。

画书真品展，器物巧珍呈。

更有瓷钟列，千年发古声。

198. 访东吴大学旧址

东吴久仰之，今日始临兹。

建筑青藤蔓，操场绿草滋。

英才培百载，雨露润千枝。

名校嘉传统，江南文泽施。

199. 海石花

礁岩长石花，辛苦采回家。

加醋熬清水，添糖去末渣。

凝胶莹有泽，结冻洁无瑕。

祛暑如仙草，甘甜众口夸。

200. 烧仙草

后羿遗仙草，闽台喜食之。

干茶熬淀粉，苏打煮糖丝。

过滤凝胶冻，冰凉结墨脂。

生津消暑气，滋养美容姿。

201. 咖啡

埃国生奇豆，磨成琥珀浆。

三杯神不困，一饮意高昂。

解酒同茶叶，除疲胜杜康。

痴呆当可缓，细品味弥香。

202. 夏日游泳

炎氛暂别获清凉，跃入波中奋臂翔。

欲效银鳞寻自在，且为玳瑁漫徜徉。

放松躯干凭潮托，摆动身肢拨浪扬。

湖海江河吾往矣，轻柔世界享时光。

203. 蜘蛛丝

蜘蛛怀有高科技，制作神奇蛋白丝。

材料韧强藏秘密，何时专利布周知。

204. 悬索桥

张起竖琴卧大江，星河摇落百珠镶。

游船入夜熙熙集，只待佳人奏羽商。

205. 欣赏音乐

音波掠过神经末，引起胸中旌帜摇。

浩浩秋风吹苇动，柔柔春水漾萍飘。

清流激荡青岩穴，山雨轻敲翠竹梢。

百索心弦齐振颤，千般情愫涌深潮。

206. 乡愁

每作儿时梦，长怀故地情。

乡音言一世，习俗伴终生。

无论居何处，终归念始程。

指针恒对极，候鸟志南征。

207. 佛竹

墙边依佛竹，翠色近于蓝。

寂寞生潮润，萧疏度暑寒。

风来方舞蹈，雨落始歌弹。

幸长根旁笋，清心可续传。

208. 豆腐花

数点民间食，当推豆腐花。

磨匀成液汁，滤净去残渣。

注卤凝菽乳，加葱拌肉碴。

尚充甜品饮，中国发明它。

209. 榕树盆景

缩影植陶盆，层泥且扎根。

虽然形体小，毕竟特征存。

密叶匝匝覆，虬枝曲曲伸。

庭轩装点美，碧绿历冬春。

210. 拾龙眼

立秋龙眼丰收日，摘果箩筐吊四垂。
树下村童三五聚，一心待逐落珠追。

211. 树下冥思

树下冥思坐，凉风习习吹。
牛顿明引力，佛祖悟轮回。
灵感期萌发，星花或闪辉。
一时疑入定，半晌似无为。

212. 七夕遐思

牛郎同织女，相隔一条河。
共饮清江水，遥思远岸坡。
何须桥上会，可在舸中歌。
耕作兼渔捕，银鳞应满箩。

213. 莲子

花谢莲蓬出，圆匀藕实生。
苦心怜子嗣，粉质秉芳清。
祛热兼和胃，安神又涩精。
熬粥加绿豆，夏日品良羹。

214. 夏夜

罗纱制帐状长方，支架撑开罩木床。

细目能防蚊子迹，柔筛不隔夜花香。

竹帘蒲扇消炎热，淡月疏星透薄光。

似有轻歌遥入耳，微风送我进甜乡。

215. 天竺桂

一株天竺立前庭，相伴多年别有情。

荫壁时遮侵室热，掩窗可减眩光明。

繁枝总歇珍禽影，密叶常吟风雨声。

居处焉能无绿树，小园更喜赏黄英。

216. 龙眼

果实连成黄玉串，薄皮裹肉透微明。

莹莹疑似鲛珠闪，里面镶颗黑眼睛。

217. 演员

平生遍处百家庭，常为剧情易姓名。

中外古今随越度，黄泉碧落任穿行。

欣愁爱恨多身历，衰败荣华一体经。

人世舞台时替换，假真细忖辩方清。

218. 提线木偶

生净青衣丑俱全，有模有样锦袍妍。
浑身乏力听他意，通体无心靠代言。
台上依然呈靓影，人前尽管摆尊颜。
任由丝线来提控，演出煌煌百戏鲜。

219. 裁缝

剪刀布尺手中持，胸有成型构妙思。
总秉知心来设计，且凭量体去裁衣。
群芳靓丽功归匠，冠饰文明事赖伊。
今日T台频走秀，裁缝变作服装师。

220. 诗词与绘画

绘画诗词韵味同，寥寥数笔已成功。
神情毕肖特征出，一待描睛即化龙。

221. 舞者

任凭肢体代吾言，诉尽心中苦与甜。
恨不身随魂魄舞，平台十丈恣飞旋。

222. 卜算子【老雁】

老穴旧巢中，寂寞栖孤雁。

堪忆当年具雄姿，振翮霞为伴。

今已乏力飞，犹作云间盼。

欣见空中人字排，雏雁冲霄汉。

223. 建筑师

手持丁尺绘蓝图，欲为千家广筑庐。

立面常思能出彩，空间更虑足安舒。

城乡力避无差异，内外谋求有密疏。

工学人文融一体，精心设计树新模。

224. 风景园林师

园林路径巧安排，植被岩泉细剪裁。

虫兽鱼禽生气动，桃荷梅菊悉心栽。

光声香景因时展，馆阁亭楼适处开。

诗意栖居功不没，人间仙境胜瑶台。

225. 城乡规划师

城乡规划展宏图，装点江山与海湖。
聚集人居兴建筑，纵横输运畅通途。
关心环境谋长远，注重民生利老孺。
最忌方针时变换，多呈特色景方殊。

226. 卜算子【佛雕】

木雕佛一尊，手上香珠握。
袒肚光胸披袈裟，双耳垂肩落。

整日食斋餐，何养身圆阔？
乐善随缘笑口开，四海凭飘泊。

227. 结构工程师

土木砖岩来搭筑，水泥钢骨混凝成。
千寻大厦凌空起，十里长桥跨海横。
力学精通明理论，灵思巧运创佳形。
防灾抗震难题解，百姓安生一世宁。

228. 暖通工程师

采暖通风民所重，清新空气令身安。
凉飕流动消炎暑，热水循环祛冷寒。
绿色房居高品质，健康建筑节能源。
思将所学谋新策，人类恒生福续延。

229. 给排水工程师

谁言水总往低流，压泵驱之上顶楼。
管道粗纤分布密，沟渠明暗立交稠。
清污别径终归净，泾渭殊途适异求。
最是民生生命线，全依各位巧筹谋。

230. 建材工程师

人类谋求居福境，建材研发应先行。
不唯钢铁混凝土，尚有玻璃薄膜层。
轻质高强承重力，保温防火转光能。
碳丝堪比蜘蛛网，多种创新计日成。

231. 重阳

重阳喜陟高，饮酒品松糕。
赏菊余晖照，歌吟度九皋。

232. 鱼食荷

秋头夏尾一塘洼，池里养鱼又植花。

拼尽龙门飞越力，来叨粉瓣食荷葩。

233. 苔藓

苔藓恋青石，殷勤为织衣。

绵绵铺绿绣，日夜总相依。

234. 石榴

石榴生百子，皓齿列层排。

亲密相依靠，同为一母胎。

235. 潜艇

黑鲸潜海底，万里大洋巡。

一发雷霆怒，火珠喷入云。

236. 剪枝

挥剪果园夏末时，忍心疏叶又删枝。

常逢无可奈何事，为获丰收先舍之。

237. 大地光景

大地万家灯火亮，光辉射入广寒宫。

嫦娥仰望当惊讶，何出新星耀夜空。

238. 赞跳绳冠军

园丁育出好儿郎，辛苦练成本领强。

双手高频翻白索，混身快速跳弹簧。

蜜蜂振翅差相似，骏马扬蹄或颉颃。

记录无人能打破，新星耀眼闪光芒。

239. 中秋遐思

月至中秋分外明，琼宫疑是换新灯。

LED 增辉彩，递给人间桂魄情。

240. 教师节贺卡

贺卡张张署满名，鹅毛不重寄深情。

尊师敬教赓传统，合唱弦歌绕栋鸣。

241. 残荷

画得残荷几叶枯，依然挺立不须扶。

夕阳眷顾倾心照，池面横斜影未孤。

242. 教师节感怀

欣遇教师节，遥思绛帐恩。

文明承继者，薪火递交人。

亲切扶登马，殷勤引入门。

喜看苗圃里，花木正莘莘。

243. 茶壶

案上陶壶紫色呈，把高身口对齐平。

腹宽容下深沉水，却未滔滔一泻清。

244. 核雕

雕虫小技技殊难，榄核精心刻画船。

文士峨冠书在手，两三童子乐陶然。

245. 抽水机

腹里有真空，因而吸力雄。

狂吞千斛水，灌溉百田葱。

246. 黑板擦

谋求黑板净，宁惹一身灰。

有了ＰＰＴ，轮休知几回。

247. 粉笔

粉质凝成白洁身，自将磨损写千文。

劝君仔细明踪迹，保尔诗书满腹存。

248. 黑板一

黑青纯色好描涂，公式诗文任意书。

遍问师生无不识，银屏白幕是吾徒。

249. 黑板二

又书文字又描图，曲曲弯弯写数符。

尽管常常没记住，依然好学似当初。

250. 台风山竹一

狂飙海上来，挟雨久徘徊。

拔起街旁树，掀翻广告牌。

因何不快事，降此痛心灾？

未识台风语，长吟向远垓。

251. 台风山竹二

自然施暴力，人类御天灾。

玻碎重安设，树歪再补栽。

风狂危已矣，气定奈何哉。

但愿毋侵扰，同君就此掰。

252. 访河海大学

初临河海大，桐影掩楼群。

水利农田脉，江川国土魂。

英才多代出，校史百年闻。

教学争优秀，研究创绝伦。

253. 访金陵女大旧址

金陵女大我迟来，黉宇端严对轴排。

数十明星临宿耀，近千玫瑰此园开。

楼堂只托名师作，树木当凭巧匠栽。

今日依然高学府，后钗是否胜前钗？

254. 农民丰收节

春以青苗披大地，秋来稻麦似波涛。

农林渔牧收成好，喜煞乡村锣鼓敲。

255. 筷子

筷子发明久，功劳莫大焉。

指支成杠杆，手握变螯钳。

彼此无分别，相亲结夙缘。

中西皆习用，百食我尝先。

256. 结婚车队

轿车饰彩接新娘，列队长趋别墅庄。

驰过路旁闻鹊喜，枝头亦正筑婚房。

257. 汤匙

小巧一汤匙，红梅印白瓷。

百尝身不变，甘苦味先知。

258. 三峡放水

拦江大坝筑高湖，水闸洞开势不拘。

三五巨龙喷薄出，引来地动又山呼。

259. 大棚育兰

人工维护常温室，棚内兰花四季开。

锦簇盆栽销远近，春光一束灿庭斋。

260. 国庆节

佳节欣长假，红旗映日扬。

花篮开艳丽，白鸽舞安详。

北斗空中驶，蛟龙海底翔。

举杯齐祝福，国运续隆昌。

261. 早茶

南粤早茶知者众，如今推广及三江。

煲蒸焗灼尝多味，糖水粥包品杂香。

美食西关传日久，亲情穗馆聚天长。

席中君子团栾坐，杯里光阴乐未央。

262. 长假一

国庆休期七日长，天公作美露晴阳。

华园顿觉人车静，商市骤添旅客忙。

声像交流宽远念，诗文互动促新章。

如今腿力渐衰弱，未可逞能学健郎。

263. 长假二

佳节七天长假日，如何度过费安排。

因虞人海留家宅，为改文章困室斋。

电视屏中游景点，手机框内赏歌台。

小诗吟罢挥毫写，亦有豪情醉几回。

264. 观帝王花一

偷得假期半日暇，植园来赏帝王花。

红杯紫盏呈奇状，粉瓣银丝放异葩。

君主皇妃争富贵，天姿国色竞奢华。

却看妻子身何在，忙用手机摄锦霞。

265. 观帝王花二

植园温室寻花展，为避人潮启早程。

一路心怜藤绕树，沿途耳悦鸟喧晴。

群芳果是雍容种，异蕊原称富贵名。

长在南非前未识，他乡始信有奇英。

266. 健身

人至中年喜健身，短衫短裤显精神。

成群结伴环湖跑，笑语欢声隔岸闻。

头发迎风飘似墨，汗珠映日闪如银。

随时计表存行步，体重期能减数斤。

267. 大妈广场舞

邻里大妈兴致高，面朝旭日舞当操。

头摇足蹈疑年少，肢摆体旋觉血烧。

配合歌声身手疾，伴随节奏发丝飘。

引来孙子欣加入，跟着外婆扭稚腰。

268. 龙卷风

气流之力力无穷，巨漩施威势若龙。

拔树吹房摧万物，又牵水火入高空。

269. 新生

三载高中题海浮，荣升大学且悠游。

听完校长迎新话，凤女龙驹竞一流。

270. 螃蟹吃面条

挪动双螯夹面条，徐吞慢咽乐逍遥。

自从爱上人间食，藻类鱼虾不入肴。

271. 狐狸的外衣

谁为狐狸制外衣，剪裁合体又时宜。

尤其选料洵珍贵，不是人工仿造皮。

272. 人类的外衣

人类为何无兽皮，寒冬腊月挤相依。

幸亏大脑善思考，纺布植棉制多衣。

273. 改论文一

学生思毕业，文稿阅多时。

花镜助批改，红梅缀墨枝。

274. 改论文二

视线移笺稿，思丝绕笔端。

改成抬望眼，新绿正依栏。

275. 建筑遗产保护

建筑石头之历史，珍遗保护莫踌躇。

毋更古董为新董，慎以时居易故居。

先代庭园宜爱惜，名人旧宅禁拆除。

传承创造协调好，可免千城一面如。

276. 访天童寺

天童依太白，佛国泽东南。

古寺千年立，禅宗四海传。

殿堂中轴建，僧舍两厢延。

方丈留斋饭，热心题吉言。

277. 阿育王寺观舍利

阿育王堂观舍利，微晶映照闪祥光。

欣逢十月秋高爽，庭院桂花沁鼻香。

278. 访天一阁

中华历代重书香，家筑层楼万卷藏。

防火池塘流活水，避虫橱柜用油樟。

金银遗产恩施短，知识传身福泽长。

天下闻名天一阁，汇流文脉播芬芳。

279. 访保国寺

佛堂存野峦，建筑若生成。

藻井诚佳例，殿型的古风。

深藏人不识，偶现世皆惊。

多少珍遗产，如今已毁形。

280. 戏剧与人生

人生不过百年长，况味千般欲品尝。

纵未亲身临实境，何妨冷眼鉴虚堂。

悲欢离合中宵尽，成败升沉半日详。

仿效前贤能立志，春秋借鉴可兴邦。

281. 七星岩一

七星散落在湖中，是否怀思恋昊空？

毕竟人间风景好，长居肇庆做仙翁。

282. 七星岩二

湖水环山山映湖，烟云缭绕树扶疏。

如同西子韵相似，堪比桂林景不输。

283. 肇庆

肇庆古端州，地灵英杰稠。

区郊藏砚石，河畔阅江楼。

湖内浮星岛，山中布绿洲。

城因风景著，人鸟共栖留。

284. 访龙母祖庙

依山面水水洄环，喷薄朝阳对祖坛。

两塑三雕精品列，重檐叠阁秀堂连。

木盆漂女天人至，石蛋生儿龙子延。

奉祀千年香火盛，感恩祈福祷民安。

285. 访德庆学宫

元代学宫此仅存，变通古式令名闻。

挑檐前后超三尺，减柱双旁达四根。

弟子谦诚因仰圣，村民淳朴赖明伦。

今来德庆参文庙，俏舞弦歌洗俗尘。

286. 鼎湖山

来到鼎湖山，氧吧出自然。

环丘朝巨鼐，翠谷捧明潭。

绿树云中立，珍禽叶底欢。

气清强体质，境静益延年。

287. 浣溪沙【马帮与天路 】

昔盼天晴暗雾开，山间铃响马帮来，
送来盐榷与银钗。

如今穿山龙越洞，桥梁跨谷柱成排，
蜿蜒天路到天涯。

288. 锦溪古镇

河汊纵横水作街，摇船入巷靠台阶。
东方古镇风情美，桥洞波光柳影斜。

289. 雕花楼

豪门夸富宅，巧匠刻花楼。
百载余精品，如今难再求。

290. 陆巷古村

苏州自古文风盛，名士状元鲫过江。
巷里欣观三坊列，村中乐见众堂藏。
王鏊府邸瞻儒相，梦得庭园读锦章。
傍水依山风景丽，人才多出地灵乡。

291. 旅客

北往南来客，匆匆现行色。
晨临上海港，暮在龙江侧。

挎包肩头沉，归心怀里热。

总是乡关好，离家常恻恻。

292. 莼菜

先父散文曾写及，江南莼菜世闻名。

嫩梢采毕如青玉，汤叶熬成若粉羹。

清浅池边宜种植，微温水里适培生。

加之故里鲈鱼脍，难怪秋风张翰情。

293. 浣溪沙【忆京密运河劳动】

京密运河挥铁锹，新生劳动火朝天。

明渠百里引清泉。

工地组成文艺队，自编节目作宣传。

青春记忆总鲜甜。

294. 浣溪沙【木芙蓉】

中学校园早识侬，少时迷恋木芙蓉，

钟情难忘想花容。

身自苗条姿窈窕，漫枝开放浅深红，

含羞笑靥露丛中。

295. 老榕

老树长须密，依然绿发披。

人生当效尔，亦作百年期。

296. 插野花的小姑娘

小女好年华，满头插野花。

俯身池里照，双颊染羞霞。

297. 自行车

蹬开老腿转双轮，动态平衡稳重心。

此物当年三大件，如今共享路边存。

298. 贺广西创艺文化产业有限公司

立足广西谋创艺，振兴文化志弥高。

书坛画室人才萃，锦簇花团作品饶。

借得桂林山水秀，添来百越逸情豪。

丰收硕果盈园圃，奋进歌声入碧霄。

299. 城市的早晨

东方初露白，山影纸裁成。

大厦微光镀，街灯彩色明。

零星窗户亮，偶尔汽车鸣。
酣梦几人醒，翻身按闹铃。

300. 乡村的早晨

炊烟升袅袅，树影辨冥蒙。
鸟唱泉流响，鸡鸣狗吠声。
晨曦分野径，朝露湿溪英。
爱此村居住，童心忽再萌。

301. 学书法

书法欲求好，先临众大家。
心中存蓓蕾，笔下墨开花。

302. 咏玻璃

英砂为矿料，器物制纯精。
降热随成状，增温易塑形。
斑斓如宝玉，璀璨若冰晶。
昔日宫中品，今陈百姓庭。

303.钟鼎文

青铜铸器盛商汤，后刻铭纹古籀章。

信息平添钟鼎贵，文符典雅焕文光。

304.相见欢【小蛮腰情思】

绯红翠绿金黄，变裙装。

顾影珠江，嬛娜美娇娘。

心中事，深难测，费猜量。

阅尽归舟，谁是意中郎。

305.路边蓝色小花

小花蓝紫色，默放饰沿途。

虽逊牡丹艳，春天不可无。

306.卜算子【致紫薇】

盛夏至初秋，百日花开茂。

频染胭脂点绛唇，绰约风姿俏。

君美悦人间，乐趣添多少！

欲令君心识我心，说与君知晓。

307. 咏菊花一

不必艺师精染色，无须巧匠细雕裁。

花期一至千盆秀，长出银丝金瓣来。

308. 咏菊花二

盛赞花心有艺心，构思酝酿意奇新。

才高不放寻常蕊，开必风姿艳世人。

309. 咏菊花三

曲弯长短天然好，开合舒张正合宜。

更有清香调不出，随风飘北又飘西。

310. 回乡

因有亲朋在，常思故地游。

时时萌记忆，处处惹乡愁。

景物伤多变，光阴叹速流。

人生难再少，笔墨锁春秋。

311. 水

双氢一氧结珍奇，不爱居高喜处低。

质本柔来身自洁，江河湖海任游栖。

312. 萤火虫

自带灯光照路程，林丛草莽夜飞行。
发明远比人间早，美煞群虫叹不能。

313. 鸟巢

衔来草土与松楂，不照蓝图筑鸟庐。
何处选修营建学？千巢一面总无殊。

314. 伽利略与钟摆定律

暴风刮得吊灯晃，摇摆周期脉搏量。
见惯司空多忽视，伽师唯独默思长。

315. 说名

口夕加成名字形，冥中藉以自身称。
声波传讯无须亮，暗里存音道理明。

316. 说圣

耳口添加王字形，立言圣者喜兼听。
古人长靠声传讯，文化藉音始继承。

317. 说廳

广盖头宽聽字藏，厅堂自古奏宫商。

庭廷韵协用相似，皆是赏音好地方。

318. 耳与目

耳濡目染排序定，听之作用总居先。

凡查成语皆如此，道理诸君细判研。

319. 题诏安花正画院

自古诏安书画盛，如今辈出是人才。

欣期满院春光媚，姹紫嫣红花正开。

320. 蜡烛

类玉凝形软易雕，逢温泣泪似柔娇。

身心耗尽光明放，无悔成灰胆气豪。

321. 泉州生态连绵带规划

深秋季节返泉州，生态连绵献计谋。

经络疏通精气盛，山川廊道汇湾流。

322. 开元寺

开元古寺殿堂雄，石塔东西矗碧穹。
彩饰飞天雕斗栱，百根岩柱立梵宫。

323. 咏筷子

竹木修来银制成，孪生姐妹伴终生。
贪尝百食犹娇俏，爱美姑娘羡未能。

324. 热水袋

怀肚敞开饮热汤，披身棉袄御寒凉。
吾将吾体温君体，共度冬天爱意长。

325. 母与子

书袋沉沉压母身，娇儿一路笑声频。
可怜天下双亲意，爱入坟茔未死心。

326. 路旁花

异木棉同洋紫荆，路旁列队喜相迎。
身姿窈窕殷殷态，笑靥绯红脉脉情。
云彩飘来存愧色，微风拂过现柔形。
因为旧识故多意，见遇三番总惜卿。

327. 改革开放颂一

四十年来兴国运，神州万象复更新。

无须票证求商品，自有小哥送户门。

昔日大妈穷僻壤，如今洋域挤华人。

谁能一览繁荣貌，北斗星空款款巡。

328. 改革开放颂二

改革又兼开国门，甘霖喜降百花春。

再行高考培英士，恢复招研继后昆。

四处都城兴似笋，万方冠盖会如云。

试看各业领军者，尽是当初受惠人。

329. 一中怀思

一中近已换黉门，屋宇依前格局新。

记忆常因情景发，怀思总为触媒喷。

人生易老楼难老，友谊长存梦亦存。

昔日恩师今四散，半犹在世半安魂。

330. 出差

时钟如速拨，岁月梭飞过。

方随车辆行，又在机舱卧。

朝从北国启，午已广州落。

人比候鸟忙，一日春秋错。

幸身犹健朗，只是头斑驳。

且将余热散，不计微光弱。

331. 牧童

牧童牛背吹横笛，一曲山歌逐水飘。

隐约和声风送至，芦花深处小舟摇。

332. 圣诞节

又到年终圣诞时，彩灯闪烁缀青枝。

橱窗布展增销售，人气提升促走驰。

老辈常迎孙子愿，手机频扫码中词。

将来回首此情景，爱重无言心应知。

333. 秋雨

嘀嗒闻雨滴，昨夜下寒流。

冷气连番至，炎威一扫收。

床单更被褥，纱服换衣裘。

不借霜风力，难由夏入秋。

334. 江南喜雪

一夜寒风冽，江南降瑞雪。

乾坤浑一色，万物鲜差别。

谁家大手笔，绘成冬景绝。

画师少颜料，遂向长天借。

雪水滋大地，来春欣发叶。

定是好年景，谷粒盈盈结。

农民心里乐，预庆丰收节。

335. 悼陶郅

大师走太匆，赶去筑瑶宫。

天上增华殿，人间失玉骢。

336. 从化

从化温泉众，天然地热能。

森林披郁郁，暖气冒腾腾。

疗院多分布，浴场乐扎营。

一方佳水土，百姓藉安生。

337. 赞侗族大歌

凭借语言传信息，史河滚滚淌声波。

虽无文字记青册，却自心头涌大歌。

旋律抑扬同唱应，乐音纯厚互轮和。

非遗名录成功报，民族星光耀眼窝。

338. 红杜鹃

盛开山野杜鹃丛，动魄惊心耀眼红。

此色迎眸它色淡，花间始信有殊容。

339. 微信

图音信息八方来，一点银屏转瞬开。

老少皆当低首族，跟踪定位到天垓。

340. 观"我们的四十年"晚会

四十当不惑，改革潮流阔。

开放中国门，告别贫同弱。

决策真英明，百姓多收获。

劲舞场面炫，欢歌云天破。

旋律多熟悉，大事历历过。

众多明星演，精彩不容错。

一台晚会播，亿家电视活。

我亦当粉丝，观屏不离座。

341. 浣溪沙【复兴号列车】

京沪途中飞巨龙，南来北往尽匆匆。

多轮驱动快如风。

沿线风光虽秀丽，时时景物变更中。

须臾水复又山重。

342. 港珠澳大桥通车

海湾今始畅通途，三地连区伟业殊。

百里蜿蜒桥贯隧，千车浩荡港驰珠。

金虹夜映波涛涌，玉带晨迎鸥鸟浮。

吾自赋诗歌盛事，工程若此世从无。

343. 时间

花开花落自然律，覆水难收乃正常。

暑往寒来人渐老，时间指向是增熵。

344. 妈妈的微笑

一丝微笑若春阳，送达童心束束光。

母爱催开花百朵，人生何虑缺情商。

345. 陕北人家

巧剪窗花窗上贴，几家窑洞晒高粱。

担心来岁菜根淡，忙把辣椒挂院墙。

346. 观手机者

俯首观屏会心笑，旁人莫能明其妙。

自从建了微信群，机中日月知昏晓。

347. 2019 年元旦

又迎元旦至，驹过太匆匆。

齿老亲情重，年轻节味浓。

新诗辞旧岁，晚会庆青葱。

但愿明春好，百花放更红。

348. 雄鸡照镜子

惊见镜中有类同，红冠彩羽态雍容。

尔曹岂可形相似，一斗方知孰冠雄。

349. 黄河艄公

羊皮作筏过黄河，何惧江流裹大涡。

汉子肌肤同水色，波前浪尾任腾挪。

350. 听张肖蝶歌声有感

人生易老声难老，一曲音闻忆早春。

心里歌星犹靓丽，不随岁月变毫分。

351. 采桑子【昔日歌声】

人生易老思难老。昔日歌声，今又歌声，
天籁之音不陌生。

歌声引起青春忆。你正年轻，我也年轻，
可叹流光去不停。

352. 采桑子【立体绿化】

楼房披上丝绦饰。你也青青，我也青青，
间有红花与紫英。

三维绿化诚堪赞。既可消声，又可遮庭，
热岛之忧大减轻。

353. 建筑学院迎新晚会

师生同乐乐融融，晚会迎新春意浓。
劲舞酣歌装扮美，多才多艺美青葱。

354. 仙鹤起舞

徜徉迈步如绅士，展翅婀娜淑女娴。
一奏缠绵梁祝曲，且看仙鹤舞蹁跹。

355. 寒山寺

久仰寒山寺，今来始结缘。

俗僧谈哲理，和合论真诠。

张继诗碑在，唐寅笔迹残。

钟声年夜响，广播福音传。

356. 问僧

山寺询方丈，言今境变迁。

钟声传不远，未可达江船。

357. 雪缘

近年数度到江南，有幸多逢雪满天。
怜我花城无此种，殷勤一夜舞君前。

358. 游苏州花山

我到花山赏雪花，当年隐士此为家。
观摩石刻听流水，晋井泉煎龙井茶。

第二辑
2019 年作品

1. 嫦娥登月

嫦娥此次又飞天，登陆月球背部山。

昔日仙丹帮尔去，如今火箭送君还。

忙撸水袖周遭探，急摄新图故里传。

暗面风光前未识，何时再筑广寒轩？

2. 插花

杂花呈异色，插在一丛栽。

四季微观景，三维萃秀台。

灵心谋布局，巧手作安排。

香气氤氲绕，风光照眼来。

3. 长江

长江万里流，持续亿春秋。

滋润北南岸，施恩上下游。

风光呈不尽，水势泻无休。

浪阔千帆举，东溟矢志求。

4. 己亥抒怀

己亥迎来本命年，古稀已越鬓双斑。

识途老马犹寻路，伏枥衰骐待卸鞍。

余热还期温旧圃，斜晖尚可照华园。
挽舟喜看千帆过，但望新人勇接班。

5. 在穗清华老年校友聚会

清华校友聚盈堂，一片青丝尽染霜。
曾在广东多奉献，现居穗市少繁忙。
春天记忆口中述，晚岁情怀心里藏。
临别叮咛珍重语，来年再共赏斜阳。

6. 相见欢【编钟】

厅堂架上编钟，奏商宫。
只是听来无复旧时风。

古之乐，今已缺，几时逢？
爱氏发明常憾晚成功。

7. 马嵬坡

施工曾近兴平市，人指当年马嵬山。
委地花钿无处访，传奇聊供谝闲传。

8. 北大荒

北大荒成北大仓，铁牛耕种喜农忙。

攘油黑土生嘉稻，玉粒熬粥分外香。

9. 学生军训

呐喊声扬演武场，红旗招展染阳光。

学生穿上彩军服，秀气平添几分刚。

10. 湖边柳

倩柳青丝密，春风似木梳。

妆成思顾影，俯首照明湖。

11. 江城子【绿墙】

楼房谁为织绒衣，不相离，恋依依，

青萝袅袅，蔓上硬墙皮。

自此住区柔几许，添绿意，更宜栖。

12. 江城子【亭】

古人驿路设多亭。欲长行，间休停。

亲朋相送，惜别见深情。

歇处常为观景点，听水逝，看云生。

13. 紫薇树

枝干婆娑身欲舞，肩披秀发显温柔。

有心打扮增姿色，巧把鲜花插满头。

14. 快递

驱车忙碌影，无论暑寒天。

都市添新景，民生赖互联。

商城鲜逛顾，邮局少盘桓。

购寄刷屏幕，小哥送户前。

15. 花恋

春暖风和蛱蝶飞，花旁我亦独相陪。

徘徊半晌终离去，不及庄生镇日追。

16. 驾车行一

四轮滚滚道中行，穿隧跨桥不必停。

时北时南更导向，忽弯忽直变途程。

明山秀水观风景，僻寨遥乡察世情。

霞客如知歔羡否？轻车越野快平生。

17. 驾车行二

路网迢迢任我行，时驰百里道中停。

农家乐品田园食，民宿闲聊山海经。

日暮乡关欣在望，年终亲友喜相逢。

无须高铁人潮挤，大地文章且读评。

18. 女儿学外语

小女语言天赋奇，英文岁半即痴迷。

国门未出闻如乐，专业免修讲若溪。

外域名篇翻古近，中华经典播东西。

扶桑多校相邀请，早稻田间恰恰啼。

19. 朋友圈

尔友吾朋构友圈，平生素昧结群缘。

音图共赏诗文赞，时事齐闻信息联。

随地刷屏微阅读，有空俯首暂留连。

如今 WIFI 通天下，不必传词在井边。

20. 摊破浣溪沙【银柳】

小小银芽缀满条，芽苞长出细绒毛。

花市迎春新品种，众人挑。

原长新疆西域地，防沙耐碱逞英豪。

今日移栽开万户，又多娇。

21. 摊破浣溪沙【返乡】

临近新春又一年，乘机依例返乡关。

炮仗角梅开满巷，倍鲜妍。

闽语乡风如往昔，他乡经历一时删。

打乱时光重剪辑，接从前。

22. 租房

而立无房全靠租，搬迁数度喜新庐。

简单物什随身带，重在家中几架书。

23. 读诗与作诗

熟读诗词脑海存，构思新句调陈文。

唐风宋韵基因在，脱口成章非罕闻。

24. 陶瓷

软泥形塑就，刻画更添神。

不置炉膛炼，何来釉色新。

大师思出彩，素土点成金。

几案陈瓶罐，明眸又赏心。

25. 杂技

艺高兼胆大，熟练巧方生。

突触连通快，身肢动作恒。

新奇时涉险，精彩总堪惊。

杰士寻常技，凡人不可能。

26. 己亥年

又逢本命年，花甲再增圈。

原乃恋槽豕，勉为奋翼鸢。

才名难适配，龄力负相关。

回顾言心得，后人或可参。

27. 远古洞穴岩画

几万年前洞，神奇绘画呈。

文明随进化，艺术伴民生。

历史存迷雾，大师未署名。

至今思我类，何处启征程？

28. 练书法

闲余勤练字，渐觉腕松舒。

碑帖毫端习，意形脑海输。

三平黄草纸，百幅舞蛇图。

晚岁情相托，诗成自在涂。

29. 爱与熵

爱乃添能量，熵增应控之。

各方同给力，温度共维持。

30. 海螺

移动之房屋，天然乐器留。

谁人来设计？想法赶潮流。

曲面仿真毕，3D 打印求。

海螺当获奖，选票我先投。

31. 龙凤木雕

白墙红木框，内嵌透雕图。

龙凤呈祥状，阴阳和合符。

云纹镌婉转，曲线展柔舒。

巧匠刀工熟，纯青火出炉。

32. 兰花盆景

数种兰花开一盆，美之重奏眼中闻。
迎新集市费心选，购置墙边满室春。

33. 番茄盆景

番茄是菜又当花，植在陶盆送进家。
喜气洋洋颜色好，盈盈红玉润无瑕。

34. 水仙花盆景

不顾天寒风亦冷，开花欲望总藏心。
三年养得元精足，金盏银台秀早春。

35. 唐铃与骨笛

常憾古声未可存，唐铃一振得亲闻。
千年骨笛吹相协，遥韵绕梁沁我心。

36. 金猪贺岁

祥云喜送金麯去，瑞雪欣迎吉豕来。
焰火腾空明两岸，花灯花市闹天涯。

37. 伏生授经

未失尚书赖伏生，九旬老汉授心声。

先秦历史凭赓续，幸有高人识古经。

38. 快闪

你带提琴至，我携长号来。

人流经往处，乐队唱歌台。

演毕如云散，声和似浪徊。

惊奇因意外，妙在秘安排。

39. 春节联欢晚会

规模宏大叹观止，布景服装美绝伦。

舞者歌星登次第，艺人乐手杂纷陈。

功夫魔术谋呈秀，小品相声冀出新。

一自总台播节目，亿家尽享视音频。

40. 减字木兰花【花市】

厦门花市，银柳兰花争妩媚。

华服妍容，衬托新年气氛浓。

人间佳会，吸引群芳来荟萃。

靓丽温存，领进千家共庆春。

41. 魔术

魔术神奇事，揭谜趣味消。

精心思骗局，善意出迷招。

眼见难言实，手灵可谓高。

日常平淡久，幻境偶逍遥。

42. 忆儿时过春节

常盼新春佳节至，外婆远寄饼和糖。

脚穿万里棉鞋袜，衣着一身蓝布装。

翘首戏台观杂技，热心村野舞刀枪。

归家欲找娘亲影，宰鸭镗鸡喜正忙。

43. 窗户

开洞加边框，建房应设窗。

安玻粘纸膜，进气纳阳光。

观景知天候，闻音透味香。

形同眉与目，立面更端庄。

44. 电视

电视堪称世界窗，一开洞口动声光。
围墙四面难遮目，景物八方尽入房。
远眺人张千里眼，遥听我越百重洋。
新闻信息凭知晓，三尺银屏接万邦。

45. 花灯

华人素喜闹花灯，鸟兽禽鱼作造型。
更有猜谜争秀慧，无边光景不眠城。

46. 避寒

从冬来到夏，自北赴南方。
候鸟多旬徙，旅人半日翔。
避开冰雪地，享受暖波光。
海口同三亚，时闻外省腔。

47. 包装与外观

人常迷外表，商品过包装。
椟价超珠贵，浮华盖实香。
何能轻内核，反倒重皮囊。
质与文相适，彬彬两益彰。

48. 儿时读物一

儿时喜阅英雄传，说岳读完读说唐。
仁贵征东通扫北，鄂王雪耻泽留芳。
数条好汉心中记，几代春秋脑里藏。
豪气无形增十丈，青竿且削作刀枪。

49. 儿时读物二

儿时总览韵文选，读了千家读白香。
羡慕苏辛同李杜，揣摩词意与诗腔。
邯郸学步吟平仄，曲阜搬经写稚章。
一旦赋成三五句，心花便放满庭芳。

50. 调笑令【荡秋千】

摇晃，摇晃，少女迎风俯仰。
秋千越荡越高，裙裾袅袅带飘。
飘带，飘带，融入云霞暧瓘。

51. 华安新圩古渡口

春日来游古渡头，清流碧树见渔舟。
飞禽最识好山水，停歇溪中芦苇洲。

52. 庭院花木

水仙谢了看红梅，庭院四时花木菲。

引得鸟儿来赏景，主人尽日展双眉。

53. 汤圆

糯米磨成制粉团，浮沉鼎里白黏丸。

姜糖熬就元宵食，甜蜜团圆幸福绵。

54. 巾帼英雄赞

红玉梨花穆桂英，中华长盛木兰情。

从军女子当元帅，敌寇何愁荡不平。

55. 儿时玩具一，劈陀螺

自制陀螺踮脚尖，抽绳一甩即飞旋。

舞姿岂逊芭蕾舞，转不停蹄看着鞭。

56. 儿时玩具二，滚铁环

铁钩助力铁丝环，屋后房前滚路边。

动态平衡凭技巧，不输哪吒耍金圈。

57. 电焊工

电路连通焊火明，热熔金属溅飞星。

接筋续骨强而韧，钢铁为衣任剪缝。

58. 瀑布声

瀑布龙吟白噪声，高低频率一齐鸣。

虽无色彩仍愉耳，听入心中梦自清。

59. 厦门大学

厦门大学风光秀，我亦参修音乐厅。

文理煌煌灯火亮，人才济济椰榕青。

嘉庚创校开新气，景润攀峰享令名。

子弟前程何所似，且看白鹭舞东溟。

60. 调笑令【扑蝶】

蝴蝶，蝴蝶，彩翅丛中出没。

双双对对飞行，追踪盼尔歇停。

停歇，停歇，迷入花间蹀躞。

61. 挖掘机手

悬伸巨掌力无穷，抓石挖泥举手功。
指日移山酬壮志，身兼智叟与愚公。

62. 编程者

冥思苦想巧编程，机器人工赋智能。
一俟芯心存指令，此身幻出众精兵。

63. 纺织女工

机器轰鸣织女忙，经丝纬线察端详。
每时数里巡行路，乐供他人制嫁裳。

64. 熊猫

本属熊来又似猫，身披黑白俏皮袍。
天生一副萌憨态，赢得粉丝追逐潮。

65. 华侨大学

华侨大学令名传，吾亦忝添作一员。
创校泉州承古脉，拓疆集美辟新园。
面朝港澳联昆弟，心系南洋结善缘。
甲子将临欣顾望，披荆斩棘夺高原。

66. 观蝶

日暖风和蛱蝶飞，引人双目紧跟随。

腋间恨不生轻翅，或作庄君梦一回。

67. 雷锋颂

雷锋乐助人，榜样倡精神。

事迹传中外，光辉照昔今。

无私忠职守，克己爱黎民。

日记明心志，嘉言等贝金。

68. 卜算子【名片】

名刺古存之，今日称名片。

印上头衔一大堆，头顶光环现。

博士耀星辉，教授争颜面。

正处禅师任住持，了却红尘愿。

69. 卜算子【电梯】

人住在高层，二十楼梯段。

随着年龄越古稀，时作登楼叹。

三段一休停，气喘心房颤。

所幸终于设电梯，遂老夫心愿。

70. 天眼射电望远镜

全球第一锅，探视达银河。

发现奇星体，测量引力波。

电强能确定，频谱可收罗。

欲问牛郎事，且听织女歌。

71. 望星空

夜空漠漠万辰罗，北斗东箕耿耿河。

织女热传红外线，牛郎歌发电磁波。

时观流慧消天幕，更察恒星耀眼窝。

宇宙无垠多奥秘，令人遐想驾飞梭。

72. 字典

靓女俊儿郎，聚居一学堂。

人人形各异，个个意皆详。

排列传新义，组团赋锦章。

何时能尽识，须费十年忙。

73. 时装秀

T形台上秀时装，摆胯叉腰靓女郎。

各款斑衣争夺眼，谁家服饰领风光。

74. 植树节

全民齐植树，老少舞锹忙。

北壑栽松柏，东坡种柳杨。

春时多雨水，杏月好阳光。

一日高三寸，城乡披绿装。

75. 儿童植树

儿童栽下一棵树，日丽风和雨露滋。

所愿与之同长大，将来硕果两盈枝。

76. 乌篷船家

浮家泛宅度平生，捕得银鳞炭火烹。

入夜渔灯光浸水，明宵何处泊乌篷。

77. 冰雕建筑

谁道雕冰如镂朽，寒城一夜起晶宫。

灯光五色莹莹亮，自与凡楼景不同。

78. 整容术

近来兴盛整容术，颜值提升赖出资。
削颌嫩唇添眼睫，磨颧垫鼻造窝池。
歪牙矫正排齐玉，皱褶拉平注薄脂。
不虑基因从父母，脱胎换骨变西施。

79. 蜗牛

带壳爬行计寸程，芽根细嚼足维生。
莫言蜗角微如芥，蛮触雄师逐鹿争。

80. 盲人摸象

耳似簸箕牙似根，盲人摸象实劳神。
五官各自司其职，信息周全始识真。

81. 退休

若市门庭筑鸟窝，退休养老事无多。
故交旧客音容渺，张网聊将燕雀罗。

82. 自嘲

吾虽梦笔未生花，写就诗文岂得夸。
不是江郎才又尽，聊游学海试浮槎。

83. 母驼劝奶歌

骆驼亦感马头琴，劝奶歌吟泪眼涔。

喂乳成功亲母幼，谁言动物不知音。

84. 江城子【落花】

落花何处费猜详，坠泥塘，掉渠旁，

飘飞入院，正好进芸窗。

拾起晾干平压实，书页内，散余香。

85. 江城子【印章】

喜得名家刻印钤，寿山岩，胜蓝田。

篆书浑厚，运笔见匀圆。

书法盖之花落锦，提墨色，醒朱颜。

86. 江城子【忆儿时远足】

远足来游野竹冈，望修篁，翠苍苍。

清溪环绕，流韵赛琴簧。

更爱娘亲蒸粽饭，荷叶里，肉飘香。

87. 浣溪沙【北极熊】

北极从来冰雪封，气温变暖雪消融，
冰层塌陷海波汹。

昔日家园遭破坏，望洋无奈叹声隆。
堪怜日后恐无熊。

88. 水调歌头【世上恋何物】

世上恋何物，山水美家园。
鲜花绿树蜂蝶，四季变新颜。
遍历南乡北寨，城市农村建筑，居住得安眠。
尤恋口中食，营养乐三餐。

最难忘，受教育，业精专。
知书达理，心智情绪有羁牵。
珍惜亲情友谊，触动心弦振颤，爱乐奏绵绵。
尝遍苦甜味，不枉在人间。

89. 蝶恋花【邀花】

乍暖还寒天候变，三月春天，总把衣裳换。
却见群芳衣薄瓣，罗衫可抵寒风卷？

浊酒一杯身渐暖，把盏邀花，欲与卿同宴。

卿但无言羞色现，花枝带雨微微颤。

90. 浣溪沙【苑墙】

快石青砖筑护墙，环围花树作闺房，
周遭未得睹红妆。

毕竟春光遮不住，随风散逸透芬芳，
频将花讯播遐方。

91. 睡莲

绿床浮水面，波静好安眠。
夜卧精神足，晨舒意态娴。
颊匀脂粉色，衣染彩虹颜。
梦里身何处，曾游濠濮间？

92. 绿道

蜿蜒绿道绕羊城，树木扶疏夹路迎。
散步晨昏通体适，骑车冬夏一身轻。
前方时见飞禽举，双侧偶逢走兽腾。
生态优良环境美，市民自可乐居行。

93. 悼友人

故人已去杳茫茫，影像依然脑里藏。
记忆难随年岁老，交情不共日时亡。
音容栩栩仍如昨，往事桩桩似在场。
历史恒流东逝水，总将青册续绵长。

94. 湖长

一湖之长自堪豪，污染物源持续消。
碧浪清波晴潋滟，虾兵蟹将喜来朝。

95. 浣溪沙【送货小哥】

电动轻车走四方，手机在握喊王张。
午餐盒饭有余香。

购物如今多上网，购了百货购蔬粮。
小哥半作售销郎。

96. 浣溪沙【偶思一】

父母基因塑造恩，皮囊之内裹灵魂，
常思自我是何人？

揣度他心诚不易，他心视我亦他身。
推心互爱即为仁。

97. 浣溪沙【偶思二】

自我常思异别人，灵魂总是伴吾身，
何缘此体降红尘？

有感方能知我在，无人可尽识吾心。
言行日久结知音。

98. 春之色

旧枝新叶发蓬蓬，一派鲜青照眼明。
春在千红同万绿，神奇色彩绘难成。

99. 白云山踏青一

桃花已谢海棠开，更有山樱蕊未衰。
四月春天犹不老，踏青尚自乐徘徊。

100. 白云山踏青二

清明节后得余暇，携友踏青步翠崖。
偶遇奇英名未察，忙查软件识新花。

101. 盾构机

现代穿山甲，神奇遁土功。

峰中挖隧道，地下掘迷宫。

管片支岩固，旋刀碎石松。

无须盘岭路，捷径任车通。

102. 钻井机

钻井何犀利，遥穿万米深。

潜掏查矿脉，细探取岩芯。

宝藏知分布，油层察蕴存。

能源思不竭，且向地心寻。

103. 灵璧石摆件

古朴青苍灵璧岩，案前摆放细观瞻。

皱纹交错呈奇秀，遥引山光入室间。

104. 广州学院

广州学院秀花都，子弟莘莘万木舒。

到此春和生气动，华笺铺就绘新图。

105. 黑洞

金光吞穴内，黑洞力无边。

理论曾推算，名师亦预言。

周围涡漩急，视界气流旋。

电镜联同摄，艰辛揭秘颜。

106. 贺粤港养生诗书画美国邀请展

书香远播大洋东，纽约厅中墨彩浓。

文化交流天下近，堪欣我亦献微功。

107. 浪淘沙【山民】

有爱不相嫌，守住贫寒。腌根菜脯且尝咸。

瓦盖泥墙居一室，面对群山。

修路到山巅，电送云端，南坡蔬果售城关。

电视洞开新世界，别有人间。

108. 机上作诗

闭目舱中近靠窗，任凭思绪绕云翔。

忽然诗句心头出，忙录荧屏捕片光。

109. 春游

邀友驱车游野外，春来胜景在农家。

千枝树笔朝天举，绘就云间烂漫花。

110. 邀月

酒满晶杯琥珀光，对歌互饮伴宫商。

人间佳节须邀月，莫令姮娥倍感伤。

111. 健康工作五十年

毕业匆匆五十秋，健康工作未全休。

蒋公号召何尝忘，弟子雄心似已酬。

南北奔波培后学，东西迁徙建新楼。

欣逢校庆重相聚，笑指青丝换白头。

112. 浪淘沙【海底建筑】

筑室入洋中，若水晶宫。玻璃面海构穹窿。

多盏探灯光四射，照亮鸿蒙。

水母亮银篷，鲨鳗游空。珊瑚袅袅似花丛。

此景尘间寻不见，似探仙踪。

113. 观孵化感赋

静中育动喜初啼，鸡蛋三周孵小鸡。

心脏眼睛相继出，创新生命叹神奇。

114. 浪淘沙【闻巴黎圣母院遭火灾感赋】

立八百春秋，圣院钟楼，忽遭大火焰烟稠。

建筑艰难烧毁易，能不哀愁。

昔日访西欧，此地曾游。雍容典雅孰能俦？

古迹何时能复建，倩影重留？

115. 浪淘沙【出差】

形影现机场，拎着包箱。聊思数句度时光。

忽报航班多晚点，不禁神伤。

事务甚繁忙，到处飞翔。今宵候鸟宿何方？

梦里不知身是客，犹在家乡。

116. 浪淘沙【心愿】

常美有银喉，玉润珠柔，铮琮恰似水泉流。

可惜五音虽准确，鸭嗓堪羞。

无奈作他求。乐殿歌楼，探求音质怎生优。
好让黎民闻美乐，此愿终酬。

117. 浪淘沙【雨霁】

一夜雨风狂，叶落花伤。大妈清扫倍辛忙。
小鸟欢歌空气净，婉转声扬。

天际露阳光，映入眸窗。阴霾收起雨云藏。
春日天如孩子脸，忧喜无常。

118. 浪淘沙【广场舞】

场地扭秧歌，舞态婆娑。喇叭卖力播音波。
此刻春回年正少，谁是妈婆？

正日丽风和，树列花罗。腰肢摇摆任穿梭。
一舞能消愁百种，陶醉颜酡。

119. 浪淘沙【街舞】

西域舞东传，振体摇肩，蹦弹倒立复翻旋。
关节放松模动画，欲断还连。

律动伴音喧，劲舞街边。身肢语汇扩收编。

舞蹈居然如此跳，倍感新鲜。

120. 浪淘沙【幼童追蝶】

步履尚蹒跚，笑似花妍。爷爷奶奶伴身边。

欲入丛中追彩蝶，踬踬颠颠。

蝴蝶落枝尖，片刻休闲。谁知振翅又飞天。

可惜探身擒不住，怅立花间。

121. 五四运动百周年

德先生与赛先生，五四精神百载明。

爱国情怀温血热，滔滔化作浪潮腾。

122. 贺海军七十周年

驶向深蓝筑国堤，耕耘沧海铸钢犁。

军装堪比群鸥白，衬托鲜红一杆旗。

123. 浣溪沙【老树新枝】

老树春来发绿枝，垂垂细叶覆青丝。

龙钟老态焕新姿。

堪美古榕能永寿，新陈代谢续长时。

人生难得越期颐。

124. 卖火柴的小姑娘

夜里点燃三火柴，饥寒困乏暂驱开。

谁言炬小光芒弱，幻景依稀希望来。

125. 清平乐【雷雨】

风吹云聚，降下倾盆雨。

败叶纷飞飘乱絮，更有落红无数。

阴阳两电相交，各持利剑锋刀。

布下浓雾迷阵，炸雷羯鼓频敲。

126. 同学会

同窗重聚会，差别暂清零。

记忆调相似，心声发共鸣。

常提当日趣，互诉此时情。

恨不回前昔，青春二度生。

127. 赞郭黛姮先生虚拟复原圆明园

梁公高足郭先生，美貌英才业大成。

矢志钻研营造史，潜心考证筑园经。

三维复建圆明苑，十载重辉盛世廷。

遗址虽伤余断柱，珍庭尚幸亮荧屏。

128. 北京世园会一

名花齐入境，盛会悦人间。

四季拼单季，百园汇一园。

科文融技艺，建筑绕林泉。

为适群芳住，巧思构馆轩。

129. 北京世园会二

蛱蝶厅中观蛱蝶，榕须馆里赏榕须。

万邦花卉齐争艳，红树林栽水一隅。

130. 自行车赞

殷勤伙伴自行车，吾欲为君唱赞歌。

土豆半颗骑十里，节能健体戒娇奢。

131. 长相思【南粤园】

世博园，南粤园。

英石高亭花木妍。

飞云绕叠泉。

仿西关，似西关。

大院移来妫水边。

游园梦岭南。

132. 人类的进化

告别黑猩猩，头椎直立行。

思将工具造，学把火苗生。

复杂声音发，绵延经验承。

群居成社会，进化创文明。

133. 骆驼

驮着山峰走，荒原驶旱舟。

深囊储矿水，宽跖迈沙丘。

丝路延千里，铃声响四周。

躬身担重任，昂首望关楼。

134. 煤炭

埋藏千万载，开采见青空。

承压松趋硬，燃烧黑变红。

热情希释放，能量待流通。

可制天然气，还须赖化工。

135. 宇宙之问

百亿年前史，惊天爆炸能。

时空因创造，宇宙藉生成。

扩展银河系，崩坍白矮星。

何方存暗物？黑洞可重明？

136. 手机之功能

兜中之电脑，掌里小乾坤。

定位知经纬，查询识理文。

音图传友辈，问候系亲人。

轻扫二维码，钱银已付存。

137. 浣溪沙【歌星一】

混血歌星碧眼瞳，英姿卷起舞台风，

几多少女脸绯红。

唱罢故乡云未散，又燃一把火熊熊。

只今回忆味犹浓。

138. 浣溪沙【歌星二】

恰似初春一朵花，歌星豆蔻好年华。

银喉一亮众无哗。

巧伴歌词移手足，情深双颊染红霞。

台前梦里尽娇娆。

139. 浣溪沙【舞星】

一扮天鹅百媚生，芙蓉出水自亭亭。

脚尖踮起凤姿轻。

纵有如诗千句语，难描舞者半分情。

词人对此叹无能。

140. 世园会花絮

世博开园涌客潮，八方场馆竞风骚。

引来鸟类欣参展，老树高陈喜鹊巢。

141. 老妪

清晨老妪绕湖行，音盒随身背着听。

数曲红歌播未了，十圈绿道计完成。

乐观可令心龄少，运动能帮体态轻。

晚岁无忧堪羡慕，谁人不盼葆年青。

142. 贺《鹿峰选萃》出版，步周少洪韵

盛举躬逢己亥年，回眸往事不如烟。

诗人尽兴吟新曲，墨客挥毫写素笺。

欲展才情描绣地，且舒豪气上云天。

鹿峰选萃留佳话，期待后贤续锦篇。

143. 长相思【提琴自白】

小提琴，中提琴。

槭板金丝铸乐魂。

谁人识我心？

思深深，愿深深。

欲与琴师融一身，

纵情发妙音。

144. 儿歌

途经幼稚园，耳际乐音旋。
非是儿时曲，依然忆学前。

145. 无人驾驶自行车

无人驾驶设全程，至此方能日自行。
节约空间堪点赞，千车似水望流平。

146. 浣溪沙【音乐厅】

室内恢宏储满音，声波荡漾却无痕，
频将妙曲送听闻。

福耳千双齐享受，慧心一片尽销魂。
乐如细雨润花春。

147. 浣溪沙【论歌唱】

人别猩猩贵发声，猿啼虎啸调难成。
歌言唯有智人行。

拉奏丝弦音甚美，吹鸣管笛韵尤清。
最佳乐器是歌星。

148. 浣溪沙【南京建邺和园】

建邺和园异地迁，婺源搬至大江边。
雕梁古宅五开间。

前后舞台镶藻井，周边园囿叠湖岩。
令人穿越谒明贤。

149. 母亲颂

世上最亲是母亲，怀中十月孕胎恩。
姑娘舞服针针密，游子征衣线线匀。
三易邻居谋近善，五挑补校冀高分。
可怜天下椿萱意，牵挂绵绵系子孙。

150. 护士赞

白衣天使具仁心，敷药按摩又打针。
救死扶伤情炽热，嘘寒问暖语温馨。
战场履职何辞险，非典医疗不顾身。
面对床前慈护士，脑中叠影是娘亲。

151. 海鞘

雌雄同体共圆腔，脊索纤纤附被囊。

数亿年前生海底，五颜六色放微光。

152. 水母

谁持彩伞水中漂，仙女姿容分外娇。

返老还童君知否？发光本领更高超。

153. 美洲鲎

铁甲披身持剑行，史前生物至今生。

附肢移动马蹄疾，蓝血将军冷性情。

154. 钟形花

一亿年前第一花，亭亭长茎托奇葩。

无人观赏空娇媚，化石遗存始识她。

155. 圣贤孔子鸟

辽宁出土圣贤鸟，双翅张开带爪飞。

身后两条毛羽尾，珍禽进化里程碑。

156. 艺笠螺

碎屑粘身作伪装，笠螺喜爱俏衣裳。

珊瑚贝壳皆添彩，时尚圈中放异光。

157. 乌贼

乌贼天然潜水艇，开关套膜控升沉。

如逢强敌来侵犯，轻易隐身喷墨云。

158. 箭毒蛙

身披彩服毒青蛙，唯有斑蛇不畏它。

世上常多迷惑物，内藏祸害表鲜姱。

159. 美西钝口螈

奇特美西钝口螈，青春永驻葆童颜。

未知何种基因故，可使姿容幼态延。

160. 赫摩里奥雷斯毛虫

乍看伪装疑是蛇，毛虫其实乃飞蛾。

混充强者成规律，卅六计中此属何？

161. 七十二寿辰有感

已度匆匆七二秋，萍踪鸿爪北南游。

时间好比滤波器，留住甘欣抹去愁。

162. 儿童赞一

牙牙学语贵天真，步履蹒跚目有神。

莫笑今时开裆者，来年没准是名人。

163. 儿童赞二

常凭直觉辨亲疏，脸上阴晴变自如。

春笋已函多节势，将来百尺应凌虚。

164. 题北京声学学会

享受嘉音控噪声，京城百姓得安宁。

创新科技攻关隘，誓把红旗插顶峰。

165. 摊破浣溪沙【杭州旗袍日】

五月西湖石板桥，婀娜女士着旗袍。

纸扇轻摇行舞步，倍苗条。

又有洋妞来助阵，中华文化乐熏陶。

一袭绸装欣作秀，更妖娆。

166. 国庆七十周年

国庆迎来七十年，吾侪有幸证非凡。

曾经风雨终晴朗，亦历惊涛转静澜。

四海宾朋同日月，九州百姓共舟船。

中华搭乘复兴号，万水千山勇向前。

167. 华园诗词大会

理工学子喜诗词，李杜苏辛早熟知。

台上交锋随口出，滔滔秀水落深池。

168. 花瓶

友人寄我一瓷瓶，窑变均匀釉色明。

思有黄花来插配，好凭彩墨写秋情。

169. 诗词题材

诗作题材应放宽，值吟之物岂千般。

骚人自有宏观目，未可只盯一线天。

170. 诗词风格

诗词风格贵多般，春日庭园百卉妍。

莫按遗图求一骥，纵然赤兔亦孤单。

171. 工作

诸事天天鱼贯来，从容应付早安排。

平生不惯倒时计，莫待临门脚乱抬。

172. 人心

人心深莫测，一念转恩仇。

变脸如川剧，易情似葛裘。

忠贞遭背弃，利益辄谋求。

若遂平生愿，良缘结义俦。

173. 题郭祀远诗集

理工教授擅思维，晚岁高吟锦聚堆。

抒写心中情动事，追随诗迹见崔嵬。

174. 赛龙舟

龙舟竞赛奋争先，锣鼓喊声欲震天。

水上蜈蚣齐发力，清波划破瘾如前。

175. 心花

日日思君不见君，春深桃蕊落纷纷。

任凭雨打风吹遍，唯有心花独自存。

176. 长相思【端午思亲】

白线丝，绿线丝。

捆绑青菰作粽衣，

糯团裹枣泥。

日相思，夜相思。

常怅亲人早别离，

望乡清泪垂。

177. 研究生答辩感怀

重到论文答辩时，先生欣慰喜孜孜。

课题搜索枯肠选，指导翻腾大脑思。

情急频催挥竹策，心专屡改布红丝。

常期鹏鸟归林早，却送鲲鱼入海迟。

178. 报奖感赋

勉为评估来报奖，推敲文稿费心思。

卅年磨剑因瞻早，万例跟踪恐步迟。

改善人居凭反馈，重修导则赖前知。

已听澎湃潮声急，臧否随缘莫太痴。

179. 长相思【毕业】

硕士装，博士装。

校长台前拨穗忙。

师生聚一堂。

八年长，十年长。

学海扬帆甘苦尝。

今朝重启航。

180. 翻译器

人类感情怀类似，交流故此可相通。

声音调异指称共，文字形差意思同。

母语自然因熟练，西符后习欠从容。

如今幸有良朋助，翻译手机执掌中。

181. 俄罗斯情结一

儿时结下俄情结，虽未亲临想景图。

琥珀宫厅思涅瓦，芭蕾舞蹈梦鹅湖。

列宾绘画鲁宾乐，普氏诗歌托氏书。

更有红场兵势壮，雄师威武灭狂徒。

182. 俄罗斯情结二

高歌一曲喀秋莎，钢铁炼成无铁渣。

暖月曾经融水乳，寒时却又冻冰碴。

前程似锦开花路，往事如烟散海涯。

何日能游圆旧梦，桦林深处赏秋霞。

183. 长相思【英雄赞歌】

头亦昂，气亦昂。

战士英姿赴战场。

岭头旗帜扬。

好儿郎，好女郎。

一曲高歌震八方。

至今忆小芳。

184. 题油画《父亲》

头顶蓝天面土冈，皱纹满脸刻风霜。

勤劳驼背农民汉，培养几多挺脊郎。

185. 观鱼

鱼儿养在池，冷暖自心知。

尔站旁边看，殊难判断之。

186. 卜算子【泉州生态连绵带】

规划出新招，生态连绵带。

绿道清流贯社区，湿地连江海。

古市焕新颜，名镇人人爱。

更有禽群争栖息，处处闻天籁。

187. 卜算子【肇庆卧佛含丹光景】

岸际望星湖，远岭凝青黛。

轮廓分明卧佛姿，歇息安闲态。

向晚夕阳沉，余照渲霞彩。

落日如丹嵌口中，奇景呈天外。

188. 卜算子【知了】

户外树枝端，有物鸣声噪。

随着温高调更高，总是称知了。

知则已知之，何必成天叫。

懵懂无知事尚多，道与君知晓。

189. 卜算子【说猫】

隔壁养雄猫，整日思温饱。

睡眼惺忪拱懒腰，鼠亦难抓到。

不具虎之威，徒似王之貌。

只识临危树上逃，庶几平安保。

190. 卜算子【说龙】

常见绘龙形，未见龙真貌。

鹿角鱼鳞爪似鹰，此物纯虚造。

秋季伏深渊，春日腾云表。

露首神龙尾却藏，人曰诗之道。

191. 卜算子【毕业季】

身上着袍装，手捧鲜花束。

父母亲朋合照欢，此刻心何足。

餐叙聚师生，心语殷殷嘱。

此别骅骝各自驰，互把前程祝。

192. 卜算子【蜗牛】

带壳慢爬行，贵在坚持久。

累积分毫劲不松，竟达青藤首。

一曝十寒之，终究无成就。

莫笑蜗牛速度迟，已在终端候。

193. 忆友人

飞鸿一别飞寒地，兴凯湖边北大荒。

弱体荷锄翻黑土，娇姿割麦入金仓。

友情感慰思乡女，同命亲怜怀志郎。

惆怅天涯鞭莫及，心香袅袅祷安康。

194. 菩萨蛮【荷舞】

池塘水面亭亭举，绿裙红服轻轻舞。

蝉唱伴高音，蛙鸣擂鼓琴。

微风轻拂过，夕照穿云破。

荷舞看新排，阿谁导演来。

195. 卜算子【音乐】

虽仅七音符，可谱无穷曲。

唯此人心易共鸣，世界通行语。

音乐似清泉，汩汩东流去。

各种方言可唱和，百族同旋律。

196. 赤脚

儿时常赤脚，自带嫩皮鞋。

夏日当凉履，冬天作筒靴。

踢球亲草地，嬉戏踩泥街。

尺寸随增大，紧松最和谐。

197. 乐器雅号

先父迷民乐，思名配雅琴。

琵琶题落玉，中阮号流音。

箫管兰风语，三弦桐雨吟。

挥毫书写毕，镌刻寄情深。

198. 火炬

黑暗烧开洞，光明补满之。

眼睛能察觉，色彩可观知。

寒气驱无迹，热波射万丝。

前程凭照亮，远景灿如诗。

199. 音乐会

西洋交响会，男女盛装临。

乐手深情奏，指挥陶醉抡。

音潮兴数叠，心浪逐多轮。

声至动人处，客宾噙泪闻。

200. 访池州杏花村

欲访杏花村，池州独自临。

少云天荡荡，无雨日曛曛。

遗迹今何在，酒香旧尚存？

来宾非杜牧，然亦一诗人。

201. 池州

池州池半市，湿地鹭相追。

百里湖堤路，荷蕖看柳垂。

202. 浣溪沙【平天湖】

连接长江水质清，波光万顷与天平。

湖因李白获其名。

近岸荷花开笑靥，环堤柳树拂多情。

此生庆幸得相逢。

203. 浪淘沙【蜻蜓】

小小直升机，翼薄身顽。

盘旋往复顺清溪。喜在雨前齐出动，

水面低飞。

款款点微漪，又立花枝。

春来生态正宜栖。乐见儿童追在后，

恣意游嬉。

204. 浪淘沙【昔日美人】

岁月不饶人，刻下深痕。
皮肤不紧皱波纹。当日依稀姿色在，
风韵犹存。

不论富同贫，百岁风云。
时光一律布均匀。热力定规无可避，
别在君心。

205. 浣溪沙【白荷花】

有女江淮长已成，湖中出浴舞裙轻。
萍踪何幸得相逢。

玉立亭亭肤色白，吹弹可破雅风情。
令人一遇即心倾。

206. 卜算子【书院】

山麓密林中，僻静开书院。
更有清泉汩汩流，学舍红尘远。

博带系峨冠，灯下黄书卷。
开讲修书弟子虔，矢志研经典。

207. 卜算子【提线木偶】

手上线多根，操纵衣冠偶。

锣鼓喧天伴乐鸣，台上凭驰走。

纵马彩旗飘，剑戟如粘手。

虽乏灵魂栩栩生，尽把威风抖。

208. 菩萨蛮【爱鸟】

鸢雕鹔鹭莺鸧雀，鸥鸬鹬隼鸹鹌鹊。

科目类繁多，君能知几何？

天高凭鸟掠，林广随禽跃。

幸有鸟禽存，自然美绝伦。

209. 闪电叹

阴阳电互交，大地对云霄。

或似火球滚，又成银带飘。

金蛇游碧落，亮剑劈青霄。

能量何能储，毋教顷刻销。

210. 虾干

虾干昔日日金钩，色泽红明亮醒眸。

轻嗅诚鲜欣入鼻，浅尝极美诱吞喉。

煲汤少许羹汤贵，剁馅些须饺馅优。

海错从无氨水味，如今此品已难求。

211. 摘芭乐

枝顶自黄气味鲜，闻之不觉暗垂涎。

攀缘何惧身摔痛，摘采唯求果解馋。

双眼只知芭乐美，无心另识紫薇妍。

如今再访溪边景，昔日痴迷已淡然。

212. 伞

手中擎把伞，仕女鲜离之。

炎日遮光线，雨天档水丝。

舞姝当道具，吟者引灵思。

春色藏难掩，依稀露艳枝。

213. 青岛汇泉角

碧波万顷没青天，岬角嘉名曰汇泉。

快艇穿梭犁海面，风筝戏逐贴云边。

松林茂盛笼银月，岸石参差衬白帆。

团岛太平遥互望，胶州门户卫洋湾。

214. 八大关

文化街区面海滨，关名为号世皆闻。

四时花树风光异，万国洋房样式纷。

公主楼因王子建，名人府借贵宾存。

我来数度犹迷恋，红瓦白墙入梦魂。

215. 黄海晨景

波色浅深一线分，晨天渐朗现山痕。

帆船片片逍遥泊，白浪黄沙自在亲。

216. 斗蟋蟀

擂台蟋蟀斗雌雄，振翅高鸣助进攻。

平战竖争交搏杀，南旋北转互冲锋。

不分胜负多回合，决定输赢一次功。

败者东山思再起，羞观对手抖威风。

217. 减负

减负天天喊，依然书袋沉。

儿童多补课，父母尽操心。

起线争三寸，考单夺半分。

空将游戏岁，耗在案旁忱。

218. 删枝

大树枝丫砍欲光，未知伤者可悲伤？

君看来岁春晴日，绿叶依然覆翠苍。

219. 八一颂

今日多兵种，联防海陆空。

铁流声势壮，将士武威雄。

科技支撑固，军民水乳融。

和平群鸽舞，环绕战旗红。

220. 七夕

银河漠漠盼心焦，七夕方能渡鹊桥。

两地分居真爱系，千金不抵一良宵。

221. 厦门瞰海

晨来远岛抹灰云，频拂海风空气新。

浪逐沙滩恒进退，船随水面续浮沉。

222. 卜算子【鹊桥会】

一岁一重逢，执手双无语。

眉目之间无穷意，传尽相思苦。

唯恐唱金鸡，啼破清晨雾。

斗转星移又一秋，万古情如故。

223. 论读书

泛读同精读，并行之两途。

初闻难甚解，复习重回刍。

利用他山石，来攻此地砆。

师朋多讨论，静处且翻书。

224. 浣溪沙【暑假】

暑假返乡暂歇肩，厦门海峡海风甜。

角梅凤木吐芳妍。

按部就班排活动，遵循节律度时间。

无求少欲爱心宽。

225. 浣溪沙【释怀】

一石投湖激百波，无缘诸事尽蹉跎。

盘中美食味如何？

总放心中为执着，常萦脑际是心魔。

释怀还赖慧心多。

226. 浣溪沙【四果汤】

盛夏闽南四果汤，石花仙草蜜加糖。

薯圆绿豆苡仁香。

冰水果丝消暑热，路边一碗获清凉。

一方小食惹思乡。

227. 长相思【白海豚】

波中游，波外游。

海峡群豚竞自由，

弧光夺眼球。

顺波流，逆波流。

浪里银条健又柔。

欢腾逐海鸥。

228. 长相思【鼓浪屿】

小洋楼，别墅楼。

掩映花藤显静幽。

小城度夏秋。

市民游，旅客游。

情侣双双摄镜头，

青春倩影留。

229. 黄鳝

类蛇然不毒，体滑似泥鳅。

喜在淤层混，甘沉水底泅。

一餐黄鳝食，三日齿香留。

有补人欣品，无伤客免忧。

230. 山姆店

山姆开分店，琳琅物品盈。

架陈型展售，仓储式经营。

各国牌齐秀，多洲货畅行。

促销新业态，可与电商争?

231. 卜算子【五粮液】

黍稷麦麻菽，五谷磨成液。

宴席嘉宾各一杯，饮毕心头惬。

此品实非醇，只是名无别。

营养维生胜酒浆，杯举休停歇。

232. 卜算子【江河水】

来自远山区，结伴东游去。

阅尽村庄与县城，又历繁华处。

不舍昼同昏，目送残阳暮。

两岸灯光照我行，难忘新奇旅。

233. 羹汤

蛤蜊骨头熬美汤，鲫鱼火腿滚瓷缸。

如知鲜字怎生写，便识嘉羹何得尝。

猪肚嫩鸡和小鳖，冬瓜老鸭配丝姜。

方吞广府餐前液，又品榕城佛跳墙。

234. 品茗

平生多品茗，日日饮无停。

龙井杭州忆，红袍闽地情。

毛尖催舌液，普洱益肠经。

喝毕精神爽，飘然觉体轻。

235. 卜算子【白鹭】

方见歇湖滨，复又云中舞。

慧眼能寻厦岛居，录入居民簿。

广翅展风姿，细腿行方步。

岛亦因君获嘉名，再把商标注。

236. 城市夜光景

入夜灯光灼灼明，五颜更比昼间莹。

桥梁珠串描弧线，楼宇星镶显廓形。

高塔辉煌昭暮色，招牌闪烁亮冥蒙。

城中光景增人气，然应节能重护生。

237. 梅花表

赠我梅花表，常怀父母恩。

曾为三件首，故值十年珍。

照目明晶粒，摇肢转齿轮。

能标身价位，何止示时分。

238. 长相思【握手楼】

并肩楼，握手楼。

空隙楼间甚少留。

新鲜气不流。

早碰头，晚碰头。

隔壁鼾声令我愁。

起身对四眸。

239. 长相思【变迁】

方晴天，又雨天。

交替阴晴一瞬间。

风云总变迁。

道早安，道晚安。

变换晨昏天地旋。

流光去不还。

240. 帆

船帆孕满风，着意驶西东。

凭借自然力，完成搬运功。

裙衫波面舞，云影昊天融。

骚客诗情发，画师绘趣浓。

241. 水调歌头【侗族大歌】

中华多民族，侗族在西南。

虽无文字记载，文化藉歌传。

源自春秋战国，列入世遗名录。

传统逾千年。

大歌多声部，演唱用方言。

无指挥，无伴奏，合自然。

旋律如梦，山寨对唱度农闲。

叙事戏曲社俗，男女童声混唱，

汩汩如流泉。

一曲蝉之调，清籁入云天。

242. 水调歌头【芒果】

友人赠芒果，快递两方箱。

削开青色果皮，扑鼻溢芳香。

果肉淡黄细腻，味道清甜如蜜，

恨不一尝光。

此果平生爱，位列果之王。

高乔木，叶郁闭，栽成行。

南方区域，街道住宅护阴凉。

木质硬实坚韧，可制舟船家具，

质量甚优良。

此树浑身宝，玄奘泽绵长。

243. 水调歌头【海洋】

海洋何浩瀚，瞭望令心宽。

七成球面面积，渲得地球蓝。

接纳万江之水，变幻风云雨雾，

气象自非凡。

养育众生物，生命的摇篮。

潮汐急，洋流速，涌波澜。

海洋探索，人类自古有承传。

明代三宝太监，率领船舶百艘，

怒海挂云帆。

今又探洋底，奥秘待深研。

244. 水调歌头【山岳】

山岳何雄伟，形势似蟠龙。

造山球壳运动，崛起众高峰。

五岳九州耸立，更有珠峰雄峙，

冰顶插苍穹。

森林广分布，山色郁葱葱。

飞禽栖，走兽隐，植被封。

幽泉瀑布，四处流水响淙淙。

山内生态佳境，山顶风光无限，

只是路难通。

激起攀登志，踔厉众英雄。

245. 调笑令【游泳】

游泳，游泳，逆浪人人奋勇，

随流戏逐波涛，闲观似雪涌潮。

潮涌，潮涌，兀自礁岩不动。

246. 哈尔滨

明珠镶北国，哈市盛名传。

建筑中西合，交通欧亚连。

松花江景美，音乐节歌甜。

若是冬来访，冰灯耀不眠。

247. 哈尔滨飞厦门

朝离哈尔滨，向晚厦门临。

半日苍穹路，千堆白浪云。

增加机翼速，缩小地球村。

南北纵深越，晨昏两处心。

248. 浣溪沙【识花君】

世上花儿数不清，如何尽识众芳名，
识花软件显其能。

拍得花容同叶貌，便知习性与名称，
唯难辨识是风情。

249. 报纸

白纸印铅痕，行行墨色匀。

巧排明信息，细读悉新闻。

世事纷纭至，专栏错杂陈。

闲暇摊案上，思绪暂离身。

250. 鹧鸪天【奇遇】

虽是初识若知音，人生奇遇有缘因。

随机轨迹偶交会，四度时空一点临。

自别后，总关心。白天不见夜间寻。

醒来枉自添惆怅，恨不依然在梦村。

251. 调笑令【炸鱼块】

油炸，油炸，鱼块鸡丝并下。

鱼皮炸得黄焦，姜葱再放辣椒。

椒辣，椒辣，吾却浑然不怕。

252. 忆江南【退休好一】

荣休好，千里暮云平。

石桌弈棋防脑钝，广场群舞令身轻。

疑似又年青。

253. 忆江南【退休好二】

荣休好，趁早驾车游。

民宿客房空气好，农家餐馆菜肴优。

欣此暂居留。

254. 忆江南【退休好三】

荣休好，诗社结良俦。

每日挥毫欣养气，闲时吟句乐从酬。

风雅度春秋。

255. 忆江南【退休好四】

荣休好，四海任遨游。

名胜山川寻古迹，故居轩馆忆名流。

心态始悠悠。

256. 忆江南【退休好五】

荣休好，溪岸放丝纶。

期待浮标多次下，乐观鱼饵数番吞。

不觉近黄昏。

257. 忆江南【退休好六】

荣休好，老树果犹存。

回顾平生书自传，构思题目写新文。

业界令名闻。

258. 老花镜

老来目视糊，戴镜助观图。

调准屈光度，磨精折射弧。

发明源意国，配验自姑苏。

若失双玻片，须瞧大字书。

259. 看电视连续剧

生活嵌生活，主翁易别人。

荧屏观故事，蓬荜耀星群。

转换时间速，变更场景频。

每逢悲剧处，老妪泪痕渗。

260. 调笑令【知了】

知了，知了，歇在高枝鸣叫。

炎天暑热如烧，蝉声亦转调高。

高调，高调，欲令人人知晓。

261. 翡翠

翡翠岩中蕴，开挖耀绿光。

珍稀因售贵，华美故标昂。

赌石凭财运，估材赖内行。

连城天价者，隐迹在荒冈。

262. 彩石

美石色斑斓，纹圈密互缠。

无名氏作品，现代派师传。

263. 赞乌龙茶

大彬陶罐若深瓯，闽粤功夫茶道留。

色种单丛吾所爱，香侵舌底润喉头。

264. 江南水乡

小河为路艇为车，欸乃船声入梦歌。

两岸醇香相渗透，石桥拱影浸清波。

265. 庄则栋三战李富荣

李庄三度逢，猛虎斗蛟龙。

推扣百回合，乒坛中国风。

266. 鹤冲天【中华园林】

中华古国，灿烂园林史。筑囿圃台沼，自商始。

载入诗经集。南越苑，存遗址。

及至隋唐季，大明兴庆，令人叹为观止。

私家园苑扬苏起，聚山川秀色，于园里。

轩馆参差布，一拳岭，一勺水，极尽天然美。

西洋园艺，何能与之相比。

267. 鹤冲天【中华建筑】

中华建筑，风格西洋异。梁架立高台，挑檐蔽。

斗栱相交替，重华盖，叠丹陛。

轴贯深深院，实虚相隔，空间隐幽迢递。

垒砖架木塔高起，供登临骋目，入云际。

更有亭轩阁，依水布，傍山势，

尽是宜居地。木经法式，阐明匠心科技。

268. 鹤冲天【中华规划】

中华规划，早自殷商始。都市巧经营，重寻址。

必与山川近，多山麓，或临水。

国道经交纬，方圆九里，祖社正交朝市。

秦来郡县成规制，九州诸县立。明清际，

中轴京都贯。城墙起，故宫丽。

更重园林美，苏杭人境，天堂亦难相比。

269. 蝴蝶标本

蝴蝶翅张却不飞，时间凝固可回追？

姿容美艳存长久，已失精魂附体随。

270. 悼卢永根院士

农科学泰斗，相处却堪亲。

作物培新种，遗传揭内因。

商量联合会，捐献毕生金。

驾鹤今西去，高风启后人。

271. 卜算子【雪花】

雪乃水之晶，形状千般异。

似柱如盘又类针，六瓣晶花体。

湿度与温差，经历随机史。

时固时融塑媚形，幻出无穷美。

272. 歌者

歌词铭烂熟，乐谱记心中。

手足随音舞，头身会意从。

声波喉底出，旋律耳旁冲。

每至情深处，粉丝皆动容。

273. 历史

舞台登者众，角色变更勤。

往昔成前史，将来忆现今。

江山遗胜迹，人事印踪痕。

唯有期颐老，沧桑记在心。

274. 卜算子【南昌明清园】

梅岭绿坡间，徽赣民居美。

异地迁来再建成，古建园中荟。

风格异中同，雕刻弥珍贵。

博馆书堂享静幽，可供名家会。

275. 样式雷

工匠世家样式雷，传承八代令名垂。

故宫金顶辉霞彩，祈殿碧檐映翠微。

三海幽深凭构筑，五园典丽赖规为。

样图烫样弥珍贵，堪比鲁班业可追。

276. 尤物

双亲之杰作，性爱结奇晶。

千载难逢一，基因巧合成。

277. 水与钻石

大用多廉价，非须却售昂。

供求相博弈，经济决酬偿。

钻石夸华美，清泉护健康。

孰轻同孰重，答案自推详。

278. 节水吟

水殊宝贵不言明，万物无它未可生。

勿谓甘泉随处有，须知浊液费时清。

百之九七存洋海，千分二零结极冰。

地下深层难汲取，人人节约保恒宁。

279. 致小学数学老师黄木如

六十几年前，先生立桌边。

乘除加减法，三角股勾弦。

直尺量身直，圆规导智圆。

启蒙恩至大，饮水谢开源。

280. 黄岛

青黄曾不接，海底隧今通。

气血输经脉，生机起蛰龙。

胶湾谋稳健，岛市业兴隆。

入夜灯光灿，啤香扑鼻浓。

281. 鹧鸪天【人生】

人生之路曲折行，时兴时伏浪无平。

宜从反馈谋修正，应自先贤取智经。

见识广，慧心灵。每临歧路择须明。

心怀友爱良缘结，得失寻常宜看轻。

282. 时间相对论

主观时速异，等待觉冗长。

无事舟迎水，繁忙驹过窗。

钟槌虽稳摆，心晷却乖张。

爱氏言成理，流光非定常。

283. 日子歌

日子天天过，心情未必同。

私家分喜忌，农历划春冬。

节庆齐欢度，中西混杂从。

平时多奉献，休假暂轻松。

284. 鹧鸪天【婚礼】

亲朋满座酒满卮，新郎情动女情痴。
多情喜把良缘结，互爱终缠连理枝。

信誓日，蜜甜时。明朝恨不日升迟。
几多年后思今日，应有涟漪荡脑池。

285. 建筑信息模型

清存烫样代平图，今有三维数字模。
建筑空间明细节，施工装配总相符。

286. 嫦娥迎宾

中秋月满正圆明，洒向人间总是情。
莫道嫦娥恒寂寞，故乡来客喜相迎。

287. 醉花阴【阅同窗美篇感怀】

三十一位同窗册，个个如花立。
浏览美篇间，图美音柔，引起深情忆。

回眸半纪犹清晰。毕业分南北。

别后聚多回。

他日重逢，怅有师朋失。

288. 最佳乐器

人身佳乐器，弦管不如他。

声带同丝索，喉腔似喇叭。

气流冲振动，肌肉控张拉。

频率调精准，高歌过彩霞。

289. 鹧鸪天【尊师】

中华自古有承传，尊师重教数千年。

荀生管子存明训，天地君亲师毗连。

夫子道，续绵延。贤人七十记真诠。

今朝欲盼文明盛，须把尊师摆在前。

290. 长相思【北盘江大桥】

丛岭深，峡谷深。

飞架桥梁张竖琴，

风吹弦索吟。

上浮云，下飘云。

桥与金虹叠相亲。

列车天际奔。

291. 鹧鸪天【老妇舞蹈】

七十八岁老女郎，台前亮相压群芳。

姿容犹俏体犹健，起舞翩翩白鹤翔。

方劈叉，又腾骧。左旋右转只寻常。

多年苦练无松懈，赢得辉煌彩满堂。

292. 浣溪沙【逛商场】

女士欣游购物场，逛了鞋店试时装。

先生只得伴身旁。

无可奈何钱付铺，似曾相识货归房。

囊中渐瘪独神伤。

293. 浣溪沙【别样童年】

欣幸童居半野庄，自然佳境乐徜徉，

鱼虫花鸟伴身旁。

今日儿童居闹市，高楼四立困玻窗。
荧屏动漫泡时光。

294. 卜算子【立场】

车外与车中，态度常相异。
车外人思往里登，车里人嫌挤。

地位定思维，想法藏私利。
唯第三方最客观，评判无偏倚。

295. 水调歌头【梦】

做梦乃常事，缘故未全明。
脑中部分区域，夜里不安宁。
日有情思欲望，或有潜藏意识，
刺激象虚呈。自我未能辨，误觉事亲经。

偶惊恐，时幸遇，转深情。
庄生化蝶，太守槐洞历京城。
更有卢生枕上，度过繁华一世，
小米饭犹生。
做梦迷何解？科学渐澄清。

296. 浣溪沙【教师】

博馆更新器物存，传承知识铸灵魂。

春风化雨润无痕。

乐为新苗培厚土，欣闻旧树扎深根。

此生无悔乐耕耘。

297. 浣溪沙【快递小哥】

仆仆风尘小帅哥，身骑一辆电瓶摩，

大街小巷任穿梭。

乐替商家交百货，欣将包裹送千窝。

回头载物又奔波。

298. 浣溪沙【听吉他大师演奏】

吉他葫芦靓造型，怀中紧抱惜深情。

大师手巧奏心声。

鸦雀无声金索振，厅堂有答应波鸣。

今宵有幸享清听。

299. 橙汁

橙汁天然无色素，如何调出醉心黄。

一杯在手酸甜味，维C浓浓益健康。

300. 相思

君住江之北，吾居地尽南。

悠悠思念苦，量子互纠缠。

301. 月亮心

月轮皎洁似吾心，圆满温柔友爱真。

欲问情深深几许，东溟桂魄浸千寻。

302. 听洋人十七声部合唱月亮代表我的心

多部和声唱月心，高低相协纵情吟。

洋人今亦迷中曲，仙乐从来广识音。

303. 窗景

玻窗棂格如边框，嵌入天然美景图。

四季观之皆有别，春枝烂漫夏扶疏。

304. 火烈鸟之舞

乐音一动热情燃，火烈鸟群红翅翻。

禽类原来欣作秀，争先恐后舞姿酣。

305. 浣溪沙【长隆动物世界】

百兽千禽育一园，五洲动物结良缘。

长隆规制史空前。

马戏中宵赢喝采，巡游白日闹喧阗。

儿童最是乐留连。

306. 沙画屏景

五色细沙嵌入屏，随机摇落绘图形。

时而山岭平原立，复又沙滩峡岸呈。

沧海横流浮岛影，青天隙裂破云层。

几多创意须史现，轨迹无规百状生。

307. 浣溪沙【口袋花园】

棋布星罗缀社区，草青树绿衬民居。

花香鸟语绕吾庐。

城市双修功至大，花园小巧补荒墟。

市容改善锦新铺。

308. 咏苏东坡

心似长青木，身如不系舟。

诗文传百卷，官宦历三州。

寒食留名帖，苏堤记政猷。

大江东去句，千古亦风流。

309. 咏陶潜

陶令志归田，挂冠故里潜。

岂求五斗米，只为一心闲。

采菊瞻遥岭，摇舟望落泉。

遗篇传万代，谁不羡桃源。

310. 咏米芾

胸中存墨迹，落笔写神书。

一字千金值，多篇百代模。

石奇颠拜赏，竹秀木残枯。

北宋名家四，元章风格殊。

311. 咏李白

李白逸思飞，歌吟动地雷。

谪仙游百日，饮者醉千回。

名句悬河出，华章织锦堆。

天才明耿耿，后继有阿谁？

312. 咏杜甫

三吏同三别，诗人刻划深。

千篇经典在，一代史情存。

爱国心弥切，忧民品自珍。

双峰称李杜，仰止望青云。

313. 咏爱因斯坦

思维明定律，观念焕然新。

能质恒轮换，时空相对存。

粒波双象并，光电一家亲。

宇宙迷云散，清澄赖有君。

314. 咏爱迪生

技术昌明史，碑铭爱迪生。

留声功至大，蓄电理厘清。

动影迷千众，灯光耀万城。

奇才难再遇，百世念英名。

315. 浣溪沙【迎新生】

草地如茵树覆荫，华园秋至气温馨。

雏禽今又入成群。

车辆道中忙送子，帐篷路侧喜迎新。

几多期待在师心。

316. 水调歌头【生物钟】

生物体深处，皆有一时钟。

昆虫何日离茧，举翅再飞空。

花卉何时凋萎，何日重开蓓蕾，

树树放新红。

凡此有规律，庶几可寻踪。

候鸟徙，动物蛰，准时逢。

其中奥秘，皆与前者理相通。

人类行为举止，困醒张弛饥饱，

无语自遵从。

节律不宜悖，诸事更从容。

317. 浣溪沙【乘机感言】

铁鸟殷勤载我行，无须张翅即飞腾。
朝离南粤午京城。

未可轻言难突破，常怀信念梦能成。
任凭想象达天庭。

318. 浣溪沙【巨变】

四十年来大变迁，城乡非复旧时颜。
桃园人不识江山。

海峡通桥成易事，飞船登月亦非难。
人民创造史空前。

319. 浣溪沙【全球气候变暖】

气候升温奈若何？全球热浪似蒸锅。
冰川融化涨洋波。

各国协商求共识，节能减碳莫蹉跎。
休因源竭断长河。

320. 卜算子【木棉花】

路侧缓坡间，挺立英雄树。

因此名称兴更高，怒放花无数。

红瓣映眸明，远望如燃炬。

为接春天不日来，特照迎春路。

321. 卜算子【构思】

站立侧窗边，脑际思云绕。

盼有灵机一闪光，觅得新花俏。

领悟出平常，生活存诗道。

启发随机处处来，只待君开窍。

322. 枫树

枫林遍地色斑斓，远望如同野火燃。

槭叶担心霜季至，充盈热血御秋寒。

323. 大数据

社会当今迷数据，储存机内密如麻。

蛛丝马迹寻规律，大海捞针信不差。

324. 双人花样滑冰

旋身舒臂醉冰场，燕燕于飞看颉颃。

曼妙高超惊四座，双人默契不商量。

325. WIFI

网络无形在，纷飞信息流。

收听时侧耳，赏视辄低头。

音像传千友，图文发五洲。

天涯如咫尺，聊可慰乡愁。

326. 机器人舞蹈

AI技术实堪珍，机器美人假乱真。

依照编程齐舞蹈，遵从指令发歌音。

不教频率偏三赫，毋使坐标误寸分。

最是风情难仿效，何时感动附其身。

327. 念慈亲

今日您生日，倍萌思母心。

甘甜供乳汁，聪慧授基因。

梦境常寻影，平时总念恩。

童年之岁月，恨不续终身。

328. 浣溪沙【我和我的祖国】

一曲风行遍九州，舞台快闪唱相酬。

作词谱曲足风流。

百姓国家同命运，江山民族共春秋。

浪花托起远行舟。

329. 浣溪沙【工作日】

我喜骑车校内游，宛如水底滑泥鳅。

五分钟即到红楼。

一口热茶甘醒脑，几篇文献豁明眸。

庸思杂虑顿时收。

330. 浣溪沙【秋夜】

十月羊城已入秋，晨昏渐有清风流。

薄巾竹簟可回收。

且把空调关数月，窗开凉意入高楼。

引来好梦到芳洲。

331. 浣溪沙【忆工地文宣队】

飒爽英姿十八员，组成一队日文宣。

半为女士半为男。

且借青山充背景，巧添流水伴丝弦。

工人师傅乐开颜。

332. 小花

小花一片色微红，整整齐齐醉舞风。

个体虽无玫瑰艳，却铺大地锦茸茸。

333. 浣溪沙【落叶】

枯叶秋来落渐多，散铺路面与边坡。

须臾扫集已盈箩。

我亦曾经风采具，蓬蓬翠绿压枝驼。

如今归宿究如何？

334. 醉花阴【攀登者】

四十年前惊遇险，登顶无功返。

冰冻截双肢。梦断珠峰，半世留遗憾。

伤残难阻英雄汉，迈步重新练。

假腿再攀登，终上峰巅，

了却心头愿。

335. 菩萨蛮【新时尚】

从前褴褛诚无奈，如今破裤姑娘爱。

风尚逐时鲜，流行常变迁。

为消啤酒肚，野菜何尝苦。

昔日厌红苕，今朝替美肴。

336. 浣溪沙【国庆大联欢】

国庆联欢不夜天，千人乐队史空前。

彩斑图案变多端。

景不胜收呈次第，歌多熟悉唱轮番。

声光盛满广场间。

337. 千人乐队

千人之乐队，多部管和弦。

曲谱齐心奏，歌声伴舞旋。

未能称绝后，但可曰空前。

功率诚宏大，音波达九天。

338. 长假

避开人海与车龙。长假七天宅屋中。

检阅雄师屏幕过，联欢焰火眼帘荣。

红楼静谧闻虫语，黄卷舒张品墨踪。

热闹诚非今所欲，老来日子重从容。

339. 诗翁

闲来且去作诗翁，拾取词章入篓中。

思得光阴非白度，吟成情绪顿轻松。

增加压力增收获，巧借暇时巧用功。

事事关心皆可咏，源流左右自由逢。

340. 柿子

柿子吉祥色，灯笼巧造型。

莹莹朝日照，灼灼放光明。

节庆添红火，村头表热情。

甜甜滋味好，佳果受欢迎。

341. 民兵方阵

既是红装亦武装，平时百姓战持枪。

威风凛凛诚堪赞，援助前方固后方。

342. 卜算子【图书的进化】

书馆架橱间，吾类齐肩挤。

个个经纶满腹中，专业多相异。

衣带渐宽松，今日光盘会。

技术更新数字存，又往云间汇。

343. 卜算子【如此童年】

多少好时光，补课当中过。

肩上沉沉压背包，满脸存疑惑。

课上讲三分，补习多收获。

奥数英文兴趣班，又占双周末。

344. 大闸蟹

蟹壳深青色，双睛转动灵。

只因滋味美，致使价钱升。

昨日湖边运，今时桌上呈。

麻绳缠手足，看你怎横行？

345. 平和蜜柚

平和多蜜柚，五百载栽培。

肉色红如玉，纤维密聚堆。

黄皮疑兽革，甘汁胜佳醅。

一俟秋风至，溪园贡果垂。

346. 重阳登高

重阳佳节至，登岭作秋游。

云际远山耸，城中曲水流。

不输三十汉，又上一层楼。

九九寓高寿，亲情祝愿酬。

347. 元阳梯田

玻璃千面映天光，错落高低嵌翠冈。

百代描成奇曲线，留交数学探精详。

348. 自叙

皮肤过敏患微恙，膏蟹烧鹅渐不沾。

数粒胶囊餐后服，两包药剂早昏煎。

老来已识差精力，暮岁焉能学少年。

且迈从容双脚步，多观绚丽晚霞天。

349. 华园回顾

二十二年居粤地，华园又立数高楼。

几多弟子来还去，何处厅堂建复修？

九册新书添搁架，三番外国访朋俦。

光阴已逝如流水，记忆心湖沉积留。

350. 忆儿时观杂技

杂技高台演，儿童翘首观。

单轮车架耸，小丑鼻珠圆。

绸伞足尖滚，瓷缸头顶旋。

红莓花伴曲，乐律漾心田。

351. 秋雨

北国寒流至，南方祛暑炎。

风吹千滴玉，雨挂百重帘。

扇动无人力，空调出自然。

天边云似墨，大笔任晕渲。

352. 云浮大理石一

来到云浮看石云，烟霞缭绕色缤纷。

一朝风卷飘天外，满室均匀白板存。

353. 云浮大理石二

白石板中山水呈，谁持彩笔绘图形。

天工不让大师技，只是至今犹佚名。

354. 国恩寺

新兴参圣地，有幸谒禅都。

佛寺依山建，石阶沿路铺。

千年存古荔，七级见浮屠。

六祖声名著，坛经典籍殊。

355. 二进制数字信号

壹零应可喻阴阳，组合交叉万物藏。

相变无穷存数据，波流信息蕴声光。

356.云浮发展云计算

云浮计算上云天，政务平台网互联。

数字如今驱发展，希求效率再翻番。

357.沁园春【春颂】

大地回春，暖意融融，万物复苏。

看桃红李白，柳杨飞絮，蜂飞蝶舞，树木扶疏。

布谷催农，插秧播种，绘出田间美画图。

精神爽，觉充盈朝气，血活筋舒。

人生正迈初途，恰年少青葱忧虑无。

喜天天向上，萌生梦想，探求志向，初出茅庐。

燕试新声，鹰张稚翅，万里云天影不孤。

前程好，任颉颃左右，气举风扶。

358.沁园春【夏颂】

夏季时分，赤日高悬，夜短日长。

有蝉儿高唱，柳丝飘荡，荷蕖开放，散逸芳香。

暑热方兴，雷鸣电闪，一扫炎氛获清凉。

黄昏至，遇蛙声鼓噪，芳草池塘。

中年血气方刚，正事业成功斗志昂。

趁人生盛季，天南海北，萍踪鸿影，四处奔忙。

结伴同行，协同互助，好汉还须三个帮。

秋随到，望良田万顷，渐接青黄。

359. 沁园春【秋颂】

枫叶斑斓，雁过长天，季渐入秋。

看桂花百树，菊丛千簇，竞相怒放，香满芳洲。

手上持螯，壶中温酿，三五邀朋上酒楼。

风光美，举杯频频饮，不醉何休。

休怜白发盈头，笑脸上肤弛聚浅沟。

正中年方过，百经历练，身心成熟，意气方遒。

好比航行，险滩驶过，江阔帆高稳驾舟。

春虽好，但金秋胜景，别样风流。

360. 沁园春【冬颂】

秋尽冬来，瑟瑟寒流，飒飒冷风。

望长天飘雪，湖沼凝固，江河流断，大地冰封。

候鸟南归，蛇虫蛰伏，多少昆虫消迹踪。

农闲季，且围炉烧炕，温酒盈盅。

银须白发蓬蓬，纵老马知途伏枥中。

有经纶满腹，知今识古，思维尚健，老态龙钟。

远望西山，云霞缭绕，雪映余晖分外红。

冬天好，看银装世界，肃穆崇隆。

361. 普萨蛮【访新兴象窝生态茶园】

茶花茶果藏茶叶，茶园山上层层叠。

桂树散清香，农家采撷忙。

茶禅同一味，禅定修三昧。

心态欲平和，何妨到象窝。

362. 卜算子【黄蝉花与沙田柚树】

宾馆路旁边，生长沙田柚。

此树秋来未著花，却有黄花秀。

原是靠黄蝉，依附攀缠就。

吾辈无知不识花，未察其中谬。

363. 喜鹊维权

喜鹊枝头叫，维权声调高。

人间夸创意，源自俺之巢。

364. 龙山温泉酒店

植物成群落，鸟鱼共乐园。

负离清气味，花木软墙边。

建筑参差出，温泉散布环。

龙山灵毓秀，宾客易参禅。

365. 包公井

包公古井尚留存，因涌廉泉水质纯。

但愿今人多汲饮，清心明目不浑沦。

366. 包公

开封知府近封开，拂袖清风一任来。

百姓欢迎良吏治，唯希反腐扫阴霾。

367. 水彩画意

榕树青岩缝长根，砖墙一角染苔痕。

藤萝蔓蔓红花出，水彩图中景永存。

368. 月亮颂

时而圆带晕，复又怯藏云。

肤色七分白，脸容九足银。

清光柔似水，皎洁媚迷人。

多少诗和画，争相献月魂。

369. 太阳颂

太阳似父亲，养育有深恩。

即便沉西岭，依然照月轮。

能源因永续，生命故恒存。

宁愿燃烧己，输光送热温。

370. 星星颂

宇宙星无数，天空灼灼明。

儿时常幻想，仙女共擎灯。

汇聚银河就，高悬北斗呈。

今知科学理，诗意未曾轻。

371. 调笑令【胶卷】

胶卷，胶卷，摄影鳌头独占。

然而昨是今非，光频数录跃飞。

飞跃，飞跃，后浪超前不迭。

372. 丹麦美人鱼

坐石海边年复年，沉思似欲作深潜。

如何犹豫谋难断，眷恋人间尚有缘？

373. 铺路工人

碎石沥青铺路新，横平竖直墨均匀。

工人师傅好书法，描了魏碑写八分。

374. 蓝天白云

白云数朵似棉团，澄澈晴空色蔚蓝。

谁令东风无影手，蘸来清水拭青天。

375. 岩盐

岩盐中外视如珍，矿井层层挖更深。

多少古城因建立，谁能缺此白黄金？

376. 办公室

红楼工作已多年，昔日谁曾住此间？

四壁无言唯静默，人如流水屋如岩。

377. 黄金分割

黄金分割六幺八，建筑时常用到它。
比例和谐呈美感，五星三角故堪夸。

378. 公园

公园筑在俺家边，昏旦自由任我穿。
四季风光收入眼，主人就看孰清闲。

379. 大排档

方桌紧挨摆一堂，江南老店近开张。
灯笼上写繁形字，铁鼎中熬古味汤。
鸭血粉丝欣共享，桂花糕点乐先尝。
价廉物美多销售，难怪门前排队长。

380. 池塘与风

池塘欲静风时扰，小则涟漪大则波。
难得水平明似镜，好迎花木入心窝。

381. 科普

科普如同埋种子，心田沃土助萌芽。
满怀梦想天天长，他日催开奇异花。

382.卜算子【舞蹈赛】

舞蹈赛开张，璀璨明星耀。

靓女英男聚一堂，台阔凭君跳。

方见跃门鱼，又见追云鹞。

腾举回旋体态轻，引力疑无效。

383.写诗

闲来无事且吟诗，漫用思丝网旧词。

聊凑七言成四句，欲将心意表君知。

384.听"蓝色的多瑙河"演奏感赋

声浪水波齐荡漾，弦音管乐共谐和。

耳闻天籁心陶醉，思忆奥京多瑙河。

385.时髦语

语言时俱进，不学代沟存。

颜值高圈粉，赢家多达人。

吐槽于派对，虐狗面单身。

使尽洪荒力，来将神器寻。

386.浣溪沙【树挂】

北国冬来冷气流，千枝焕烂挂银钩。
雪冰世界景堪游。

返老还童人不易，青春再度树能求。
明春又换绿丝头。

387.浣溪沙【想象旅游】

影像音频不胜收，江山处处竞风流。
地球的是美星球。

年老体衰难远徙，三维虚境解心忧，
可凭想象任遨游。

388.浣溪沙【聚散歌】

聚散犹如叶逐风，聚时热闹散时空。
唯留记忆近相同。

邂逅频繁经历永，合分交替理情中。
缘来缘尽莫伤衷。

389. 相惜

惺惺相惜事，尽在不言中。

感应双睛受，灵犀一点通。

重逢成跃雀，离别望飞鸿。

情谊如真切，人间春意浓。

390. 某些办事机构

认证你妈是你妈，官僚主义实奇葩。

堪怜百姓跑酸腿，不美公员饮饱茶。

窗口常容多处闭，文书未允半张差。

税民无奈唯嗟叹，国帑焉能养懒娃。

391. 乒乓球赛

绿台桌面安丝网，弧线交叉闪白光。

胶板无情挥上下，塑球卖力响乒乓。

抽拉推挡翻身扣，放吊搓旋近体防。

观众双睛移左右，欲知鹿死在谁方。

392. 小城春秋

小城少小度春秋，芝岭圆山芗水流。

店铺参差陈杂货，巷街狭窄夹骑楼。

时来亲友烹茶侃，偶去溪江逐艇游。

最喜锅边蹲凳品，汤团亦爱蔗糖稠。

393. 卜算子【忆在杭巧遇王鸿烈君】

十八涧边亭，我在亭中坐。

远处行来一路人，熟悉之轮廓。

果是昔同窗，宁夏来经过。

百万零三概率稀，缘到无由错。

394. 卜算子【忆童悦仲告知吴华强不幸逝世之事】

与妇说华强，话语刚刚落。

电话铃声一阵来，悦仲言强殁。

痛失好同窗，往事桩桩活。

始觉心灵感应奇，万里思相托。

395. 女童的心理

母女同行路，巧逢邻宅妮。

夸她真可爱，"那我呢？妈咪！"

396. 厌喧哗

长期嘈杂中生活，练就喉咙似喇叭。

不顾周围求寂寂，依然言论竞夸夸。

出洋如入无人处，旅外疑留一己家。

宁静思维方致远，宜居佳境厌喧哗。

397. 卜算子【摸鱼儿】

郊外小河沟，泥土堆成坝。

铁斗频掏水渐干，鳅鲫全留下。

装满一箩筐，水煮兼油炸。

动手捉来味更鲜，周末酬劳大。

398. 卜算子【钓翁】

十月过中秋，正是秋风爽。

来到湖边白石前，且把纶丝放。

鱼却不吞钩，只是闲游荡。

老汉心思不在鱼，意守浮标上。

399. 浣溪沙【到杭州出席国际合作科研项目启动会】

阔别杭州此又回，时间适值蟹膏肥。

雷峰新塔耀银辉。

科研途中休止步，欢迎席上莫停杯。

人生幸得侣宾陪。

400. 夫妻的秘密

夫妻同席坐，酒饮四杯倾。

忽赞邻家妇，"厨房罚你清！"

401. 显微镜

肉眼焉能及，显微看得明。

深层藏细节，静处隐生灵。

触国千城地，蛮邦百旅兵。

须弥存芥子，纳米赖研清。

402. 浣溪沙【望远镜】

人类幻求千里观，欲将遥物调跟前。

如今望远不新鲜。

哈勃能查新黑洞，法斯可捕旧玑璇。

何时能探宇之缘。

403. 梦境一

日中所想夜中思，做梦亦凭关键词。

父影慈颜常出现，最深记忆属儿时。

404. 梦境二

老来常做童年梦，最是深宵情更痴。

富贵再多难抵及，早春二月一花枝。

405. 闻俄罗斯巴扬神童演奏野蜂飞舞

君指钮盘舞，野蜂花树飞。

嗡营闻曲尽，采得蜜糖归。

406. 咏橘

皮包一粒圆，膜裹密丛纤。

果树诚奇特，能将水变甜。

407. 老树之果

缘来缘尽寻常事，暖夏寒秋又一年。

老树枝头犹挂果，未知滋味尚甘甜？

408. 永葆童心

毕竟孩儿爱最痴，开心一笑便成诗。

还童无望常留憾，永葆纯真计可施。

409. 女排忆

群芳昔日聚漳州，飒爽英姿技一流。

战绩曾经连七冠，威风更是扫全球。

终离宴席分南北，续塑人生历夏秋。

幸有基因存不灭，辉煌再看铁榔头。

410. 长相思【兰圃】

树悠悠，水悠悠。

兰圃深深隐广州，

闹中获静幽。

鸭儿游，鱼儿游。

尚有儿童与老头，

此间欣逗留。

411. 赞郎平

凌空扣杀与郎平，誓为初心献毕生。

场外军师场内将，女排教练女中英。

养兵千日身无歇，征战八方足未停。

再造辉煌酬所愿，奖台笑影慰深情。

412. 赞许海峰

海峰射击夺金牌，奥运军团旗始开。

一发难收多斩获，八方出战尽英才。

沙场骏马扬尘去，水域蛟龙破浪来。

频奏国歌升国帜，鲜花捧上最高台。

413. 卜算子【鸡求凰】

一只普通鸡，爱慕凰之美。

思插浑身凤羽毛，以便同她配。

换却翅翩翩，又饰长长尾。

走到湖边仔细瞧，得意鸣声脆。

414. 卜算子【孵假蛋】

科技出新招，制作人工蛋。
以假充真置草窝，鸡眼殊难辨。

孵化已三旬，不见雏鸡唤。
人类原来不可交，竟把咱来骗。

415. 卜算子【饲料鸡】

受困挤棚中，寂寞无言语。
只食槽中固定餐，始识生之苦。

羡慕走林间，吃的虫同黍。
接触泥巴与日光，尚可翩翩舞。

416. 卜算子【理发随想】

女士想花容，美发修新样。
听任刀钳卷又裁，又受高温烫。

幸好缺神经，理剪安无恙。
否则时时长不停，披发三千丈。

417. 卜算子【读某些厚书随想】

四处拷图文，为使书增厚。

浏览通篇复述多，喜把陈词凑。

新意并无多，寻找花时久。

撒播洋洋百亩田，夹杂良同莠。

418. 卜算子【猫与鼠】

吃惯罐头餐，不想来抓鼠。

我自休闲你自偷，熟视然无睹。

久未练功夫，未识如何捕。

天敌如今变友邻，乐得和平处。

419. 卜算子【鼠】

生肖转流年，子岁来夸鼠。

敏捷机灵记忆佳，能破迷宫路。

好比土行孙，地下行无阻。

洞穴深挖广积粮，早把良谋虑。

420. 卜算子【牛】

牛性素温存，跟着村童跑。
努力耕田不避劳，只食青青草。

谁道不知音？亦爱闻乡调。
牧笛声扬畅我心，不禁蹄轻蹈。

421. 卜算子【虎】

虎应定规仪，告示知天下。
每次巡游我在先，勿被狐狸假。

最好守山冈，免落平原坝。
落下平阳入虎园，怎把威风耍？

422. 卜算子【兔】

兔子够聪明，莫想株旁获。
三窟之中哪处藏，足够君迷惑。

尽管一时骄，冠被乌龟夺。
一旦重新振奋时，似马缰绳脱。

423. 卜算子【龙】

龙乃国图腾，常在深渊匿。
一旦飞腾直上天，已在青云侧。

我辈尽传人，共有黄肤色。
期待龙飞凤翥心，四海同魂魄。

424. 卜算子【蛇】

蛇不胫而行，急速无声响。
只为喉头可大张，便想来吞象。

总道俺无情，竟令恩人丧。
君看青蛇与白蛇，俊俏贤良样。

425. 卜算子【马】

马乃路行舟，驰骋如添翅。
古代周游总靠它，一日行千里。

最好放南山，征战长休止。
或到操场马道腾，可炫骑师技。

426. 卜算子【羊】

羊礼组成祥，羊大方为美。
羊与鱼儿并作鲜，正是吞涎味。

久住在羊城，善择宜居地。
每到羊年且赞羊，四海同祥瑞。

427. 卜算子【猴】

猴子拽青藤，当作秋千荡。
食遍森林百果鲜，又往城中闯。

刻苦学功夫，杂技多花样。
回到花山搞旅游，赚得金千两。

428. 卜算子【鸡】

每日至清晨，一叫东方晓。
应有时钟体内藏，故不差分秒。

众赞凤同凰，毕竟行踪渺。
试看雄鸡亮羽毛，一样姿容俏。

429. 卜算子【狗】

小狗特机灵，善卜盆中豆。
耿耿忠心待主人，不让亲朋友。

人一旦无情，恶过禽同兽。
君看多家宅院前，忠犬勤蹲守。

430. 卜算子【猪】

本命属猪年，乐写猪之颂。
温顺贤良品性佳，深得人间宠。

喜往镜前来，好把骚姿弄。
驯化中华史最长，命运千年共。

431. 卜算子【返泉州】

今日到泉州，入住迎宾馆。
七二年前此地生，故此情相恋。

览毕海丝园，又访荷花甸。
生态连绵带建成，更展风光卷。

432. 卜算子【牛与拖拉机】

牛久立田边，冷眼观机器。
只见农机突突鸣，驰骋真神气。

咱只食蒿藜，化作天然力。
待到能源耗尽时，还靠咱耕地。

433. 卜算子【新潮和尚】

双脚踏皮鞋，身着袈裟服。
掌上华为一手机，木钵无须搁。

入住五星楼，进出繁华屋。
和尚如今不化缘，乐在尘间宿。

434. 卜算子【虎与猫】

猫与虎同科，虎拜猫师傅。
十八功夫样样精，唯独难爬树。

猫已尽心教，未有私留处。
老虎没能上树端，只怪无天赋。

435. 卜算子【冰山融化】

昨夜播新闻，极地冰山落。
海面平均有所升，直令心焦灼。

再不节能源，得过糊涂乐。
待到家园没顶时，已是难纠错。

436. 卜算子【蛇与鼠】

动物结冤仇，例举蛇同鼠。
蛇颇精于热感知，老鼠无藏处。

蛇一旦冬眠，乏力凭欺侮。
老鼠寻机报复来，掏尽蛇肝腑。

437. 卜算子【人与提琴】

贴颈靠提琴，人与琴同体。
左手轻揉右手摩，无限柔情意。

未辨是琴音，还是心声试。
乐器同人有凤缘，组就鸳鸯配。

438. 卜算子【猴子谈判】

猴子变聪明，难再欺朝暮。

果子分明共七颗，心里皆清楚。

结队找狙公，早晚须同数。

无奈狙公愿服输，以抚群猴怒。

439. 卜算子【老汉广场舞秀】

脖上系红巾，伴着歌声出。

体态轻盈秀广场，舞步多娴熟。

已到古稀年，不见便便腹。

仿佛年轻五十秋，更比当年酷。

440. 浣溪沙【考核与学风】

考核金箍未见松，指挥大棒舞空中。

学人焉得不遵从。

经费值高为好汉，论文量大是英雄。

难能静气砺青锋。

441. 浣溪沙【圣诞节】

又到年终圣诞时，雪橇老叟鹿奔驰。

银星枞树缀盈枝。

节日中西轮换过，布丁饺子味皆知。

促销商铺费心思。

442. 卜算子【老马识途】

老马识乡途，不识新开路。

拉着车儿转一圈，回到初行处。

再不学新知，难迈前行步。

下载全球定位图，驾驶无须虑。

443. 卜算子【黑猩猩食蚁】

君看黑猩猩，会制粗工具。

利用枝条插蚁窝，食蚁轻抽取。

动物与人分，要在音同语。

得意猩猩只识啼，哪会歌宣叙。

444. 卜算子【大雁与风筝】

大雁过潍坊，遇见群禽聚。
燕雀鹰鸢与海鸥，云际翩翩舞。

细看是风筝，欲请为朋侣。
惜有棉绳系在身，未得南征去。

445. 卜算子【雪花与百花】

雪片舞空中，欲入群芳谱。
自信冰清玉洁姿，可冠花名簿。

容貌固珍奇，未有芳香吐。
漫上枝条结蕾新，难引蜂儿顾。

446. 卜算子【蜜蜂与蝴蝶】

蝴蝶恋兰花，引起蜂儿妒。
欲借蜂针刺蝶身，以解心头恶。

蜂鸟作调停，建议和相处。
何处天涯不长花，共享群芳圃。

447. 卜算子【金鱼与机器鱼】

鱼父率鱼儿，科普增新识。

只见机鱼摆尾游，状与鱼相似。

"此物并非鱼，乃是新机器。

有幸今朝眼界开，识得高科技。"

448. 冬至

冬天今日至，温度果然低。

脱去轻衫服，换来厚夹衣。

花枝摇瑟瑟，叶片落披披。

亲友遥相贺，方知节庆期。

449. 卜算子【狮子与游客】

有座驯狮园，狮子真奇绝。

钻进车中与客亲，竟敢吻双颊。

终日食无忧，渐把凶情灭。

且看雄狮与女郎，合影多亲热。

450. 卜算子【狼与美女】

美女育雏狼，日久生情愫。
只见狼儿爱恋深，认女为亲母。

长大返狼群，十步三回顾。
闻此传奇感触多，始识陈词误。

第三辑
2020 年作品

1. 元旦

一年开启日，万象焕新时。

总冀明天好，常吟祝福词。

2. 卜算子【开心之秘诀】

欲令己开心，莫与他人比。

不必寻求十美全，允许存瑕弊。

总具感恩情，少受杞忧累。

为有追求兴趣生，努力终无悔。

3. 卜算子【会跳舞的鹦鹉】

竖起白冠毛，踏着轻盈足。

伴着琴声动激情，潇洒之鹦鹉。

未识是伦巴，还是东方舞。

时急时徐节奏明，熟悉宫商羽。

4. 卜算子【与昔日博士弟子再聚感赋】

阔别又重逢，桂子三秋铺。

灯照朦胧食品鲜，更有干冰雾。

昔日写研文，今已成梁柱。

聚散今宵又一春，再赴生涯路。

5. 卜算子【师生迎元旦晚会】

建院聚华堂，辞岁迎元旦。

同乐师生座不虚，节目轮番演。

既表达心情，又把才华显。

启动光驱刻脑盘，回放频频闪。

6. 卜算子【鲸豚之殇】

塑料散洋中，总把鲸豚诱。

咽入腔中内脏伤，致死无从救。

此物百年存，污染恒持久。

十万鲸豚每岁亡，人类难辞咎。

7. 卜算子【兔与鹰】

鹰在上空盘，兔在原间跑。

鹰爪钩尖兔耳柔，强弱知分晓。

欲免受欺凌，进化寻新道。

研发腾空吐弹丸，庶几将身保。

8. 卜算子【微型移动图书馆】

手上捧微机，携带图书馆。

一有闲暇即读书，瞬息图文现。

尚可选音频，听课诚方便。

拼贴光阴寸寸金，编织文华缎。

9. 卜算子【变色龙】

生物适生存，策略多方面。

蜥蜴更颜与境同，天敌殊难辨。

放置桌台前，色逐标杆变。

乃至浑身带色纹，变脸天然演。

10. 卜算子【落红】

早起路途中，飘落红无数。

欲缀飞花返树枝，恐对花无补。

万物有荣衰，此事难拦阻。

收拾心情顺势为，坦荡经寒暑。

11. 写诗

构思百度何相似，搜索全凭关键词。

立意当先寻记忆，填充排列便成诗。

12. 卜算子【蚂蚁】

蚂蚁识前程，信息沿途布。

集体行军大转移，小路匆匆赴。

搬运不辞劳，重载轻松负。

洞穴深挖广积粮，好把寒冬度。

13. 新生儿

兆年进化一朝酬，有幸生来此地球。

何必声声啼不止，须知好运在前头。

14. 观早年录像感赋

古代王侯靠绘图，当今录像哪家无？

摄来影照仍如昨，留得声音尚似初。

屏里情形多淡漠，脑中细节已模糊。

重温往昔伤人老，幸挽青春岁不枯。

15. 卜算子【蜘蛛】

屋后树枝间，有网新张起。

内有蜘蛛不动栖，八脚长而细。

会制韧强丝，可去申专利。

布下天罗八阵图，只待飞虫抵。

16. 油画生产

帆布涂颜料，须史作品临。

成千加毕索，数百勃朗伦。

艺术能生产，画师鲜创新。

平民存一幅，普及有功勋。

17. 过年

一年又一年，老树扩新圈。

日子模型印，行程轨迹沿。

无情花落径，相似燕归檐。

焰火今重照，门前贺岁联。

18. 天宝香蕉海

漳州天宝香蕉海，一片青黄叶浪摇。

老茎旁边根茎立，新苞底下旧芭焦。

果丛密密排梳指，穗实沉沉压曲腰。

路侧农家销产品，购来喜赞蜜弯条。

19. 喜雨

干旱已三月，今朝喜雨来。

冷风逢湿气，银线净纤埃。

土地诚酣畅，农民实快哉。

丰收欣有望，戴笠赴南陔。

20. 谋生

人间百姓重谋生，吃饭穿衣住与行。

纵有黄金千两富，何如薄技一身精。

行行出彩皆堪喜，物物交流尽获赢。

社会和谐身共济，安居乐业力经营。

21. 卜算子【鼠兔与小鸟】

山地与高原，有兔形如鼠。

尤擅深挖洞穴居，小鸟藏身处。

遇险发高声，闻鸟知防御。

兔鸟相依现象奇，生物多佳趣。

22. 卜算子【燕窝】

雨燕号金丝，唾液粘窝穴。

海岛荒山洞里掏，采售珍稀物。

蛋白与氨酸，营养天然结。

本草逢原记载详，佳品良医揭。

23. 卜算子【半边月】

月亮半边明，依旧清辉泄。

躲进云中别有情，足见其羞怯。

何日现全身，来赴青春约？

欲识奴家面貌真，且待中秋月。

24. 卜算子【珍禽】

小鸟歇枝头，彩羽斑斓色。

更在红花绿叶中，舒展双飞翮。

赶紧取微机，摄此珍禽迹。

存在屏中日夜观，直令人怜惜。

25. 卜算子【名人故居】

此屋住名人，屋借名人著。

瞻仰游人络绎来，为把遗踪睹。

文化代传承，应重名居护。

遗产无形又有形，相得传千古。

26. 逛古玩市场

店铺地摊集市场，古玩宝玉摆琳琅。

无知赝品当真购，有识珍奇捡漏藏。

鱼目混珠非罕见，鱼珷入椟亦寻常。

老夫意在观尘世，仅得三枚印石章。

27. 寻小吃

欲寻小吃查多星，网上群中看点评。

依址打车穿巷路，按图索骥入楼厅。

价廉物美无欺叟，味爽羹鲜不负名。

可慰乡愁知古早，一方食品一方情。

28. 重返芎城

电动小车四处游，郊区遍地起高楼。

难寻建筑曾经见，唯见龙江照旧流。

半世沧桑城巨变，早年岁月脑深留。

交通今日诚方便，多次返芎已不愁。

29. 网传诗作

昔日井边咏柳词，亦常驿站壁题诗。

如今网上传新作，指顾五洲已悉知。

30. 卜算子【鹅之舞】

荷荡碧波间，一对灰鹅舞。

又是伦巴又探戈，正值情浓处。

波涌作鸣琴，奏响宫商羽。

花式潜游复露身，可得高分数。

31. 卜算子【迎春花市】

爱美众心同，花市人潮涌。

五色缤纷百样花，更有新奇种。

花亦喜新春，愿与人相拥。

购得梅花插几枝，瓶里清泉供。

32. 庚子感赋

辞旧迎新感慨深，人生跌宕几浮沉。

古稀早逾欣桃李，绛帐迟关乐管琴。

不负初衷谋奉献，宜将剩勇续追寻。

城区灯火燃通夜，照我澄明一片心。

33. 卜算子【读书】

兜里揣微机，衣袋装书籍。

一有空余读起来，寸寸光阴积。

一日廿分钟，一世三千册。

满腹经纶气自华，要在争朝夕。

34. 抗击非典肺炎

犹忆零三非典灾，多人丧命究堪哀。

果狸携毒源山蝠，百姓中招自野豺。

祈愿治疗收速效，谨防传染达天涯。

今朝口罩畅销售，唯恐萨斯变异来。

35. 庚子新春纪事一

当今网络联天下，未出家门知世情。

信息无由携病毒，音图照旧表心声。

关怀武汉成封市，挂念亲人在闭城。

唯愿疫灾消弭早，平民庆幸得安宁。

36. 庚子新春纪事二

冠毒微生危害大，新春闹得不安宁。

心怀湖北多城市，体隔家中独户庭。

各地医师援武汉，八方药品助群英。

惜哉未学岐黄术，难以报名抗疫情。

37. 滑冰

翩翩冰上舞，足下如无阻。

欲逐北风追，疑是云中鹜。

38. 清晨

无情冠毒虐神州，北望华中曷胜愁。

小鸟不知尘世疫，依然唧唧唱枝头。

39. 樱桃

疑是紫檀细刻雕，乌溜润泽赞樱桃。

迎光闪出迷人色，直教画师不胜描。

40. 初五街景

虽是新春休假日，街悄巷静少行车。

路人偶遇皆无语，口罩封严面半遮。

41. 卜算子【初六日记】

隔离在家中，睡到寅时尽。

要事何为第一桩，群里观微信。

欲令国人安，病毒须消遁。

今日重提弃疾君，只盼消灾困。

42. 卜算子【茶花】

庭院植茶花，绽放深红朵。

俏蕊迎春色态佳，羞怯而婀娜。

去岁亦繁开，赏者皆为我。

疑似知君未识君，应与前相左。

43.卜算子【猴子上访】

游客不登山，猴子难寻食。
饿得猴群结队来，上访蹲衙侧。

猴以食为天，焉可无粮吃。
所幸馍馍送及时，免得饥寒迫。

44.卜算子【忆赴台认舅】

国共昔相争，两岸分离久。
亲友飞鸿不互通，如隔参商宿。

改革化冰封，得认亲娘舅。
初次相逢似梦中，血脉亲依旧。

45.卜算子【踢毽子】

花布裹铜钱，管插雄鸡羽。
踢毽儿童技不凡，观众争相睹。

先用脚弓承，脚背频兜住。
君见鸡毛地不沾，只在空中舞。

あ

46. 白茶花

洁蕊初开在我家，纤尘未染玉无瑕。
何须白粉来匀面，丽质天生更值夸。

47. 卜算子【青藏高原】

远古值洪荒，地拱高原出。
亿万年来独自雄，终有生灵识。

峰顶雪冰封，原下川流急。
更有牦牛与野羊，物种恒生息。

48. 卜算子【变脸】

川剧有高招，变脸须臾就。
黑白青黄紫赤蓝，变化凭挥袖。

方认是良臣，再看成奸寇。
表演非遗秘密多，技艺传承久。

49. 庭院春光

红是茶花黄炮仗，蜡梅数朵尽芳妍。
残冬寒气终消散，庭院春光已盎然。

50. 卜算子【绿洲】

荒漠望无边，忽有生机现。

地涌清泉植被生，仿佛明珠嵌。

生物来维生，驼队中休站。

旅客途中盼绿洲，如盼光明岸。

51. 卜算子【元宵】

亏损复清圆，又见元宵月。

似挂空中一盏灯，庆贺人间节。

地面亦燃灯，欲照蟾宫阙。

天上人间互映辉，环宇皆澄澈。

52. 隔离日志一

困闭家中自隔离，门庭冷落客人稀。

唯凭微信联天下，只盼东风扫毒痍。

举国关心云数据，全民瞩目火神医。

疫情消弭城开日，便是环球共庆期。

53. 隔离日志二

困居屋内觉时长，暂以闲暇代事忙。

偶响鸟声推静气，总闻花蕊送幽香。

小庭唯我行方步，曲径无人拾落芳。

挂念瘟灾何日灭，思情袅袅到遐乡。

54. 卜算子【啄木鸟】

林内响叮咚，有鸟辛勤啄。

嘴硬能将洞凿深，木屑纷纷落。

消灭害林虫，护木功劳确。

哺育雏儿见爱心，长舌轻轻托。

55. 卜算子【警世钟】

人类应三思，莫走贪奢路。

仅为无知食野生，导致灾时顾。

此疫与沙斯，警世金钟铸。

但愿钟声续续鸣，共祷安祥宇。

56. 反思

零三非典已成灾，岂料新冠疫又来。

蚁穴早查堤坝固，毒源迟隔祸门开。

毋教预警机能失，莫使流行隐患埋。

一蹶覃思增永智，反思每足醒灵台。

57. 长相思【双山医院】

火神山，雷神山，

众力移来指顾间。

瘟神心胆寒。

迎狂澜，挽狂澜，

护士医生战正酣。

病人心始安。

58. 长相思【一树两色花】

红茶花，粉茶花。

一树之花色有差。

如何解释她。

值矜夸，未矜夸。

默默花开满树丫。

还依绿叶遮。

59. 长相思【宅家歌】

你宅家，我宅家。

为国分忧值得夸。

无须口罩遮。

爱中华，祷中华。

待到灾消出彩霞。

任游天海涯。

60. 漳州

漳州花果乡，仰仗九龙江。

甘蔗凝甜蜜，水仙吐馥芳。

骑楼沿巷直，食肆满街香。

魂梦常萦此，华年度日长。

61. 杭州

杭州天下秀，居此十余年。

无数文章绚，几多记忆鲜。

西湖尝粉藕，虎跑掬清泉。

更有黄花展，人同菊竞妍。

62. 广州

萍踪飘不定，落户到羊城。

卜地因缘好，择时图业成。

风光同闽续，民俗与乡承。

最爱珠江侧，灯楼映水明。

63. 陕西

毕业来西北，临潼与宝鸡。

秦川修线路，铁道筑坡堤。

窑洞红椒辣，土原玉米齐。

沿途寻古迹，穿越汉唐期。

64. 北京

少小来寻梦，计留十一年。

清华园二进，硕博士相连。

师长铭恩德，同窗记靓颜。

离京虽已久，能不忆天安？

65. 平和

儿时居此地，中学到漳州。

半野轩难忘，小溪镇久留。

田园诗意足，物产品名稠。

岁月多偏好，唯因不识愁。

66. 泉州

泉州生我地，故此结深缘。

城构连绵带，吾兼顾问衔。

海丝通远域，山脉夹江原。

古市辉煌久，今重焕靓颜。

67. 雨霁

雨霁初晴际，云开日出时。

山花红映目，小鸟唱高枝。

68. 护士颂

白衣天使美，敬业又温存。

输液兼敷药，检查且打针。

扶伤怀博爱，治病具仁心。

抗击新冠战，为民不顾身。

69. 医生颂

健康守护人，妙手屡回春。

救治施精术，诊疗建硕勋。

威严降病毒，勇猛御瘟神。

患难知真爱，医生最可亲。

70. 卜算子【方舱医院】

场馆改方舱，设置千床位。

治病扶伤举措佳，所耗无多费。

阻隔抗新冠，围剿凶残匪。

免疫增强体复春，绽放千花蕊。

71. 长相思【医疗队空降江城】

北机停，南机停。

武汉机场降救兵。

戎装赴战营。

闻疫情，战疫情。

巾帼须眉慷慨行。

毒霾定扫清。

72. 长相思【盼天晴】

盼天晴，喜天晴。

经雨乾坤气更清。

鸟鸣三五声。

战疫情，消疫情。

待到城开路畅行。

万家复太平。

73. 祈愿

正月里来镇日忧，新冠肆虐使人愁。

何时解了封城令，携友重登黄鹤楼。

74. 网上授课一

一位教师千百生，何须见面靠荧屏。
精心准备传知识，属意收听学课程。
哪有幽深难道白，应无奥妙未言清。
非常岁月非常授，今后还将力践行。

75. 网上授课二

荧屏授业解时忧，多少名师慕课优。
不仅单边勤灌注，还兼双向互交流。
亲聆謦欬虽难及，远睹音容却可酬。
绛帐今朝升起日，弦歌未辍续悠悠。

76. 卜算子【口罩颂】

薄薄数层纱，空气频频滤。
口鼻常思着靓装，今日酬期许。

口罩建奇功，可把新冠御。
细菌污尘亦隔开，保健蠲忧虑。

77. 神窗

我家墙上一窗开，洞向五洲和九垓。

人事联翩风景异，画图焕彩乐声回。

能寻古迹知前史，可探幽微预未来。

此牖神奇何物什？聪明孩子用心猜。

78. 卜算子【荡秋千】

仕女荡秋千，物理何曾识。

实践居先理论迟，探索知规律。

踏板与麻绳，固有存频率。

外力如谐固有频，轻燕张飞翼。

79. 四大天团驰援武汉

协和湘雅与华西，齐鲁天团四大齐。

急急忙忙驰武汉，风风火火亮旌旗。

援兵着力施援手，战士焉能误战机。

病毒闻之思缴械，妖氛荡尽信无疑。

80. 武汉阻击战

火雷二将战瘟神，四大天团扫毒尘。

南北会师能制敌，中西结合可回春。

方舱医院同收治，巾帼须眉共值勤。

阻击围歼严守卫，休教残寇再侵民。

81. 儿童时空

儿童居半野，游戏度时光。

大地供场所，乡村是课堂。

摘桃来果圃，射雀转山冈。

人小空间阔，趣多岁月长。

82. 电影的发明

电影发明一旦成，几多男女做明星。

舞台银幕分秋色，院线梨园别趣情。

文艺增添新品种，演员另获大营生。

归功卢米埃兄弟，科技之光耀彩屏。

83. 长相思【北斗导航】

天枢星，天璇星。

北斗群星闪闪明，

导航指路程。

绕经行，绕纬行。

绕在高空转不停。

全球定位精。

84. 菩萨蛮【观电视剧偶感】

春光随着流光减，化妆难掩容颜变。

纵可扮娇姿，难将规律违。

冻龄诚不易，岂有挽春计。

秋色亦温柔，听凭岁月流。

85. 长相思【二度梅】

叶细微，花细微，

却在庭园散郁菲。

昨宵梦几回？

春开梅，秋开梅，

羡煞重开岁晚时。

人生当效之。

86. 卜算子【雄鸡的启示】

头顶艳红冠，身覆金黄羽。

异性眸中勃勃姿，潇洒而英武。

人亦赞雄鸡，诗画频频顾。

由此而知审美同，皆赏光之谱。

87. 长相思【盆景之思】

东一盆，西一盆。

树木盆中且委身，

唯能盘曲根。

根欲伸，身欲伸。

何日移栽与地亲。

擎天可拿云。

88. 三八节赋诗

适逢三八节，特此赋诗篇。

工作擎旗手，持家扛鼎肩。

承担全世责，托起半边天。

育子怀同梦，事亲爱意绵。

89. 窗

窗户楼之目，隐藏多眼睛。

白天观景色，夜晚望光明。

开启流空气，闭关挡噪声。

此番幽处久，对牖敞心灵。

90. 采桑子【乡愁】

儿时不识愁滋味，

你躲迷藏，我捉迷藏，

一片欢声出晒场。

老来遥隔天涯路，

你也思量，我也思量，

相见唯垂泪四行。

91. 灵感

忽尔来心内，犹如闪电明。

思深方偶得，悟毕快平生。

久旱淋甘露，长饥饮美羹。

倘无灵感发，科艺创难成。

92. 直觉

直觉如神助，能人惠一生。

随心来判断，顺意择前行。

经验囤薪久，思维点火明。

无须推逻辑，智者决何清。

93. 反馈

遵循控制论，反馈助功成。

事业凭纠错，机能藉益精。

行为经此巧，目的赖之明。

信息如无返，何来慧眼灵。

94. 人乃景观要素

景观多要素，往往未提人。

山水无君冷，花禽有识温。

寒江翁钓雪，溱洧女流云。

诗画常描绘，莲池见粉裙。

95. 樱花

武大樱花灿若云，瘟神无奈任东君。

春风骀荡生机动，羡煞幽居众庶民。

96. 长相思【少年植树歌】

你荷锄，我荷锄，

刨地挖坑洒汗珠，

树苗仔细扶。

你一株，我一株。

何日松林绕碧湖，

好来描画图。

97. 儿童的心思

积木闲堆保姆陪，母亲工作要迟归。

忽闻室外楼梯响，急急推门探脑窥。

98. 母亲的心思

沉迷游戏时逃学，望子成龙恐化虚。

众里寻儿千百度，果然独乐网吧隅。

99. 恋人的心思

几度飞鸿未见回，思情似火渐成灰。

唯能梦里谋相会，无奈常同现实违。

100. 女儿的心思

连呼电话未回音，愁煞女儿思母心。

频发表情申不满，天涯当逊比邻亲。

101. 菜市场

小买提篮逛市场，鱼鲜菜绿果飘香。

摊罗两列频吆喝，货比三家偶试尝。

或虑商人销次品，不疑售者宰同乡。

农民亦有二维码，扫毕成交款入囊。

102. 鼎边糊

乡人爱食鼎边糊，价格低廉味道殊。

铁釜粮浆浇米片，蚬汤蚵仔洒葱珠。

卤肠切就超珍膳，巧手烹成胜大厨。
小吃风行千百载，一天一碗别无图。

103. 老年学外语

常觉老来记忆差，以勤补拙学无涯。
用心仍被新词恼，总恨当年未识它。

104. 友侪

几多冬夏与春秋，相识百千结友侪。
各伴人生行一段，只今犹在忆中留。

105. 老虎鱼

形态不扬味极鲜，浑身分布褐黄斑。
毋因丑陋失交臂，貌相时常误善缘。

106. 观电视剧感赋

剪辑传奇数刻钟，思情转换另时空。
荧屏视野多维度，嵌入寻常生活中。

107. 知识

知识如同富矿藏，多年积累厚难量。
随机抽取从心欲，何处不能派用场？

108. 惜花

三月梅花化落红，唯余翠树立风中。
青春常惜别离早，幸有他芳开夏冬。

109. 菩萨蛮【惜春】

曾迷当日明星俏，堪伤今日容颜老。
春景挽难留，忽而已到秋。

曾经光彩过，何虑让星座。
代有后人来，心宽当慰怀。

110. 浣溪沙【宇宙与人】

偌大恒星一点银，天河旋转裹星云，
茫茫宇宙望无垠。

吾辈区区诚渺小，与之相比等纤尘。
然穷四极是思心。

111. 鲫鱼

浑身鳞甲尽披银，游入水中别有神。

白鲫过江来阵阵，何时奋力跃龙门。

112. 菩萨蛮【云图】

云霞天上时舒卷，谁挥彩墨描图案？

白日躲云端，云团镶赤边。

云随机变化，呈现无规画。

现代派之风，可收展馆中。

113. 抢救经验

专家经验脑中藏，身逝难存究可伤。

健在及时留知识，平生趁早著文章。

多收弟子传私技，勤录音图授锦囊。

重视堆沙成巨塔，前人种树后人凉。

114. 延春

樱花怒放映朝曦，只是来观游客稀。

欲与东君商一事，今春可否略延期？

115. 赞汪达之

教育名家汪达之，终身实践效行知。

人才培养功勋著，捧着丹心万里驰。

116. 长相思【清零】

确症零，疑似零。

零乃祥符表太平，

安宁由此生。

病毒清，疫情清。

康健之船重启程，

航灯一路明。

117. 鸟之衣一

小鸟枝头恰恰啼，棕毛蓝羽翠绒衣。

阿谁裁剪时装美，步上 T 台夺锦旗。

118. 鸟之衣二

鸟儿似未制新衣，春夏秋冬一外皮。

适应暑寒能力足，思来不免暗称奇。

119. 花与蜂之猜想

花开岁岁何相似，或有蜜蜂知不同。

然亦疑蜂非故旧，焉能辨识蕊无重？

120. 再访茶花

茶花园里数旬开，近日幽居未便来。

再访芳容憔悴久，相思懒得上妆台。

121. 菩萨蛮【山颂】

巍巍兮高哉，山脉何其峻。

直插云霄亿万年，未损其锋刃。

云雾掩其容，泉瀑增其韵。

郁郁森林绿甲披，挺拔而英俊。

122. 全球抗疫

宇海茫茫飘地球，村民亿万搭同舟。

群研良药清瘟疫，病毒侵来共御仇。

123. 芒果

芒果果中王，肉皮内外黄。

舌尖尝逾蜜，鼻孔嗅弥香。

富有维生素，多含营养糖。

儿时常喜食，一世忆甘芳。

124. 姜母鸭

砂锅烧鸭一掀开，肉味姜香扑鼻来。

不让京城全聚德，闽台烹饪创新牌。

125. 庚子忧思

新冠病毒虐全球，隔宅之身敢忘忧？

扫尽阴霾期旭日，澄清玉宇盼金猴。

尘间万事生唯要，世上千般命最优。

宜重反思求鉴识，毋因大意失荆州。

126. 羡鸟

鸟儿清早练歌喉，想必不知人世愁。

疑具天然奇抗体，无须分隔聚枝头。

127. 慕鸟

鸟儿平旦练清声，每日准时从未停。
我劝生徒当效此，吾侪岂可逊鹏莺。

128. 咏蛏

何缘养得状如人，两片壳中凭缩伸。
长在滩涂而未染，不因环境忘修身。

129. 新叶

园中嫩绿上枝尖，旧叶远输新叶鲜。
总为芽苞频出现，老夫方始识春天。

130. 卜算子【江颂】

浩浩兮东流，日夜无休止。
扬起江波载万舟，一泻三千里。

起自小源泉，汇聚千冈水。
曲曲弯弯九转肠，终具奔腾势。

131. 梦里聚会

白天抗疫自家藏，夜半单身走四方。

梦里时间颠顺序，魂中世界混阴阳。

才逢故友齐商讨，又遇亲朋共举筋。

此际无须蒙口罩，新冠病毒更何妨。

132. 闻鸟

鸟儿叶底发声波，持续啁啾不觉多。

千百年来无变调，古今同赏一支歌。

133. 梦

白天无奈夜中求，人在梦乡获自由。

打乱时空来幻境，从心所欲任云游。

134. 见博士答辩照片感赋

一张照片色犹鲜，卅六年前摄瞬间。

马老声威方鼎盛，吴公事业正中天。

论文答辩开先例，博士栽培揭首篇。

时值金秋逢吉日，因怀希望奋登攀。

135. 花香

春花几树院中开，姿色撩人解郁怀。

阵阵芳香关不住，黄蜂彩蝶越墙来。

136. 赏花

前花谢了后花开，总有新苞露出来。

三月庭园春未尽，长教老朽释心怀。

137. 小鸟的启示

鸟儿飞北又飞西，体态轻盈倏忽移。

知欲健康多运动，乐乎天命复奚疑。

138. 山村春景

最美春天何处寻？群芳遍野灿如云。

百花亦解扶贫策，争着扎根在远村。

139. 日历册

昨夜方经过，揭开新一天。

阴阳交接替，生命进螺旋。

日子原无号，公元后创编。

墙中笺页减，白发又增添。

140. 悉尼

博后悉尼游，初临南半球。

白帆悬海浪，衣架跨洋流。

港口楼船集，郊区别墅稠。

冥思谋链接，探索愿终酬。

141. 因斯布鲁克

访学来因市，风光自不同。

单车穿野外，碧水过城中。

难忘黄金顶，常怀银雪峰。

初通依妹儿，论著喜成功。

142. 芥菜苗

青青芥菜苗，日长数分高。

小鸟时来啄，无须佐料调。

143. 椰子树

椰树高而直，顶端凤尾垂。

可梳风掠过，不阻彩云飞。

144. 蝴蝶兰

彩蝶双双歇梗端，随风摇曳欲翩跹。

然因羁绊飞难起，徒有其名应不甘。

145. 清华云校庆

分离五十年，相聚在云端。

网络连天下，音图庆夙缘。

谁言违謦欬，微信共联欢。

想象张双翼，漫游故校园。

146. 叶底茶花

叶底茶花怯怯开，红妆一角面深埋。

娇羞更胜琵琶女，万唤千呼未出来。

147. 土虱

儿时捉土虱，半日恋沟溪。

方见嬉游水，忽闻钻入泥。

对须飘侧颌，脊背摆长鳍。

美味存思忆，如今此物稀。

148. 闲居

镇日宅家时有空，全凭网络互联通。

作诗常恐无佳句，写字尤期手放松。

149. 人生

日复日来年复年，已经春夏到秋天。

人生不过期颐岁，且阅沧桑历史篇。

150. 三角梅

庭前门户上，近日角梅开。

三片丝棉袄，几胞龙凤胎。

怡神添喜庆，悦目释愁怀。

可惜无香味，新花已试栽。

151. 卜算子【黄鸟】

黄鸟唱交交，小巧张飞翼。

体态轻盈结阵飞，止息桑同棘。

黄鸟唱交交，衣着金黄色。

更善经营穴与巢，直令人怜惜。

152. 卜算子【水鸟】

水鸟叫关关，栖息河湖上。
雄逐雌飞入水中，捕食多欢畅。

淑女在芳洲，窈窕迷人样。
白日思之梦寐求，未得何惆怅。

153. 厦门市花

红瓣黄芯绿叶扶，热情似向众人呼。
厦门因尔春无尽，尊奉市花名实符。

154. 自媒体

自排自录视音频，自乐自娱亦乐人。
自导自编才艺秀，自媒体上百花春。

155. 赴墟

儿时喜赴墟，收获总无虚。
东案销鲜肉，西摊售活鱼。
溪鳗砧板割，石冻竹筐拘。
随母提篮返，满心尽悦愉。

156. 浣溪沙【蝴蝶与芥菜】

园里多栽菜色新，近观粉蝶绕飞勤。
原来产卵在苗心。

卵化幼虫同菜色，寻它不易躲藏深。
可怜菜叶累伤痕。

157. 大块文章

时有富豪斥巨资，园林构筑占为私。
风光其实难囚住，大块文章任赏之。

158. 蛋

一粒椭球卵，精华俱在哉。
蛋黄存养分，生命孕胚胎。
钙壳纤维布，基因信息埋。
珍禽多种类，全靠此中来。

159. 种芥菜

家栽芥菜不轻松，驱鸟还加捉幼虫。
盼到青青新叶出，须臾狼藉半穿空。

160. 大湾区博士群

群中多学子，效力大湾区。

博士思光凑，孔明智若愚。

161. 牙与舌

牙齿何辛苦，三餐咀嚼劳。

然因无味蕾，任舌享佳肴。

162. 壁炉

火苗伸暖舌，舔尽室中寒。

更用红黄炬，来将热血燃。

163. 归心

长假返乡慰久思，回家路上意飞驰。

列车半日三千里，若比归心速尚迟。

164. 情爱

人类繁生百万年，阴阳互吸意缠绵。

红尘共有一番爱，演绎千千情侣间。

165. 观板桥墨竹

板桥绘画叹神奇，时淡时浓色不齐。

眼见分明皆墨竹，恍如一片绿猗猗。

166. 房车

房车驾起八方游，欲住随停甚自由。

真比帐篷还便当，发明专利属蜗牛。

167. 琯溪溪园

校园对处是溪园，进入果林莺雀喧。

一俟农民销蜜柚，始知时令到秋天。

168. 拓碑

笔书原墨字，刻石变阴文。

纸拓成名帖，已萌印刷魂。

169. 厦门小吃

民以食为天，厦门小吃全。

驰名烧肉粽，美味煮虾丸。

难忘蠕虫冻，时尝海蛎煎。

豆干焖热闹，春卷试欣欢。

170. 漳州小吃

小吃在漳州，沿街美味收。

锅边垂爽口，打卤面滋喉。

方品五香卷，又尝猫仔粥。

家乡农物阜，市井食无愁。

171. 甲鱼

自披盾甲可防身，角鞘尖唇善咬人。

能缩能伸攻守备，却因饵诱吊丝纶。

172. 新娘潭瀑布

悬崖瀑布着裙装，远望如同俏女郎。

造化时常生妙迹，仍须想象助形彰。

173. 浣溪沙【别样童年】

玩具儿时自制忙，砍枝削竹作刀枪。

思维星火闪微芒。

今日厂家推玩具，琳琅满目展橱窗。

汽车玩腻变金刚。

174. 杨叔子院士米寿志贺

杨公臻米寿，百岁及非遥。

机械创新著，人文造诣高。

缘攀同学部，谊结忘年交。

诗教成鸿业，先生大帜摇。

175. 岭南荔枝

昔尝乌叶同兰竹，今喜岭南糯米糍。

难忘增城甜桂味，亦思古贡老离枝。

杨妃在日疑存憾，苏子当年未预知。

佳果改良多进化，保鲜技术更延时。

176. 拍蚊歌

手挥充电拍，来击小飞机。

歼灭空中敌，免除体表瘦。

欣闻哔剥响，似赏燕莺啼。

睡个香甜觉，须臾入梦迷。

177. 重访中学教室

此间曾聚少年才，数十春秋未忘怀。

今日人非楼仍是，青葱心境再难来。

178. 比目鱼

此类鱼中诚特异，双睛长在体单边。

世间万事宜前望，偏眼如何视不偏？

179. 赠彭妙颜教授

巾帼英才彭妙颜，声光影视悉心研。

扎根南粤多谋划，校企联姻硕果鲜。

180. 气球

一路轻浮入碧霄，吹成膨胀自飘飘。

薄皮之内唯空气，外表光鲜色彩娇。

181. 貂

地冻天寒何所惧，自然长出贵皮毛。

可怜多少夫人梦，竟是乔装欲仿貂。

182. 竹蜻蜓

青青横叶片，嵌柄曰蜻蜓。

转动欣升起，盘桓恐降停。

儿时常玩耍，古代已流行。

启发螺旋桨，直飞上太清。

183. 怀屈原

端午念诗人，当年泽畔吟。

楚辞歌一曲，识得荩臣心。

184. 赞大国工匠张冬伟

传奇工匠张冬伟，苦练功成电焊神。

钢胆薄如鸡蛋壳，氩弧细似绣花针。

存心挑战天惊事，立志思为技过人。

今日中华谋盛国，尤须承继鲁班魂。

185. 领先

时逢端午竞龙舟，奋力齐心争上游。

探索之程无捷径，领先方可把珠求。

186. 闻新发地疫情再起感赋

新发地成新发地，疫情再起令人忧。

京畿重镇宜严守，莫使瘟神闹不休。

187. 戏说吕字

人各有张嘴，已需亿万粮。

若平添一口，何处可开荒？

188. 戏说鑫字

金子实多哉，又添两份财。

无非身外物，宁换健康来。

189. 观蝴蝶兰有感

彩蝶迷花梗，长期不别离。

飞翔功业大，何必恋依依。

190. 日环食

惊现空中金戒指，十年难遇此天文。

谁人锻造珍奇物？原是月轮遮日轮。

191. 赞空调

赤日炎炎似火烧，昔时摇扇晃芭蕉。

深山避暑诚非易，泉水冲凉亦费劳。

所幸冷媒驱热气，感恩开利创空调。

如今室内皆仙洞，科技发明实可骄。

192. 蝉鸣与温度

蝉鸣好似气温计，分贝数随银柱高。

谁道昆虫能耐热，齐声抗议怨难消。

193. 暑热

闽南暑热正难当，一夜降温犹未凉。

偶有微风吹叶动，蝉声依旧续鸣长。

194. 人生轨迹

一生轨迹如长线，所遇之人似串珠。

每有亲朋相伴走，珍存记忆叠音图。

195. 赏五山诗社端午诗画美篇

端午诗人欣雅集，频传书画上云团。

群英荟萃春无限，满目琳琅赏美篇。

196. 偶得

不羡王侯不羡仙，但求灵感到心间。

创新思想诚无价，艺术之花百代妍。

197. 邻家芒果树

邻家芒果树，探过隔墙来。

碧叶多层叠，褐枝四散开。

蝉声闻断续，鸟影见徘徊。

借景宜观远，何须院里栽。

198. 剪枝

谁整树之容，园林花木工。

剪刀咔嚓响，理发已成功。

199. 军旅歌曲

常哼蓝色海，喜唱国晴天。

打靶归来曲，报名屡去缘。

白杨戎服绿，银月爱心圆。

军旅歌声响，闻之勇气添。

200. 门缝瞧人

门缝瞧人人不扁，孔旁侧耳可闻音。

听声见物存差别，两者皆波却异频。

201. 七夕

亘亘银河河水清，鹊桥飞架度双星。

重逢一夕千金值，胜过豪居夜夜情。

202. 嫩姜

嫩姜如素手，造物具颜商。

粉色稍端染，纤纤数指长。

（注：颜商指创造美与欣赏美之禀赋，可与智商、情商并列。）

203. 赞龙眼

荔枝销已尽，龙眼继尝鲜。

肉似和田玉，核如缅甸檀。

常当佳果食，又作佐粥餐。

每遇丰收季，家家晒桂圆。

204. 浣溪沙【南方洪灾感赋】

近日南方大雨狂，城成泽国野汪洋。

几多田地变鱼塘。

天气何时能控制？敢驱雨雪到炎方，

洪灾可避伏龙王。

205. 浣溪沙【穿越】

宋代文人胆气豪，诗词书法品弥高。

同行互重不相骄。

世外桃源迷野渡，时光隧道失东皋。

如何穿越到前朝？

206. 浣溪沙【水滴清池】

水滴清池跃小珠，涟漪四扩散微弧，

波圆珠润构佳图。

格物致知谁顿悟，力同审美总相符，

守恒法则此无殊。

207. 浣溪沙【咏金】

此物黄澄照眼明，榜中排列总头名。

珍稀矿脉价连城。

即使蒙尘终灿灿，一经熔炼益莹莹。

各邦财富此量衡。

208. 浣溪沙【咏银】

此物虽然不及金，能居第二亦宽心。

舍黄取白的堪珍。

试毒以身诚勇敢，饰容借色独精神。

清辉深得月之魂。

209. 浣溪沙【咏铜】

榜上排名位列三，然而作用却居前。

青铜时代数千年。

古代文明功至大，今时导电惠无边。

光而不炫岂平凡。

210. 浣溪沙【咏钢铁】

削石如泥质特强，制成兵器露锋芒。

广修楼宇筑桥梁。

可受拉来能受压，既呈柔韧又呈刚。

亦矛亦盾竞其长。

211. 浣溪沙【咏铝合金】

骨硬身轻铝合金，飞机造就入青云。

楼房构架筑窗门。

衬托玻璃溶月色，迎承日照耀如银。

可延可塑质均匀。

212. 八一

起义南昌军便昌，征程漫漫赤旗扬。

向前队伍歌声亮，百万雄师汇大江。

213. 送李莎

华年早逝惜莎君，誓把青春献僻村。

且赋新诗陪尔去，弦歌不辍伴芳魂。

214. 夏晨

每天睡到鸟声鸣，寒舍东窗显曙明。

生物时钟堪信赖，偶萌灵感涌诗情。

215. 观沙画红楼梦

妙手调沙佳作成，红楼人物栩如生。

堪称美术新门类，还赖灯光投影呈。

216. 邻居一景

多级石阶傍旧居，一棵榕树秀垂须。
堪为摄影写生处，藤蔓青萝掩废墟。

217. 木枕

鸡翅木雕成枕头，按摩穴位忘闲愁。
今宵试用多优点，助我黑甜乡里游。

218. 长相思【中西医结合】

中医方，西医方。
结合中西利健康，
治疗又预防。

灸针长，注针长。
开刀兼煎金匮汤，
强身且愈伤。

219. 长相思【古乐】

北琵琶，南琵琶。
形式弹姿虽有差，
终归是一家。

合士叉，凡士叉。

尺八三弦伴古筇，

　南音传海涯。

220. 长相思【山区高铁路】

斜拉桥，钢拱桥。

桥隧相连百里遥，

　站台千尺高。

彩云飘，玉带飘。

高铁通车接壮苗，

　山歌入碧霄。

221. 长相思【风】

叶飘飘，云飘飘。

苇荡茅芦欲折腰。

　风来物动摇。

江滔滔，湖滔滔。

风起江湖涌浪潮，

　船帆举正高。

222. 浣溪沙【荷塘】

夏日来游碧水塘，承珠莲叶正舒张，
婷婷荷举展红裳。

不染淤泥藏粉藕，常萌恩爱秀鸳鸯，
且摇小舫载芬芳。

223. 相见欢【初约】

少年相约城陬，月如钩，浓密树丛灯暗，恰遮羞。
初牵手，觉热血，涌心头。但愿时针停走，水停流。

224. 浣溪沙【烟花】

不择田园不择春，开花但愿伴星云，
热情奔放却无根。

伴着雷声求绚烂，拼将能量化缤纷，
光鲜惜仅片时存。

225. 机器小哥

机器小哥送货包，晨昏驾驶不知劳。
ＡＩ技术新成就，驹子识途辨目标。

226. 天问一号一

天问长征赴火星，航程漫漫百天行。

茫茫宇宙求知史，大字横书华夏名。

227. 天问一号二

射向深空慷慨行，技高胆大勇长征。

今朝实现千秋梦，遥望火星寄远情。

228. 长相思【贺天问一号发射成功】

搭长征，赴长征。

飞向深空作远行，

有心梦竟成。

观火星，登火星。

探索程遥永不停。

功勋青史铭。

229. 青萝

因无身骨硬，只得附攀缘。

虽有参天貌，终归绕树缠。

230. 鹌鹑蛋

薄壳黄斑布不匀，随机喷就彩图纹。

君观小小鹌鹑蛋，艺馆橱中应可陈。

231. 浣溪沙【高考张榜闻亲戚之子高中毕业感赋】

高考今朝榜已张，酌填志愿费思量。

几家欢乐几家伤。

久未操心生更速，时常注目变难详。

当年孺子忽成郎。

232. 蝶恋花【暑居】

窗外阳光窗内影，窗外炎炎，窗内空调冷。

龙井饮来心渐静，清茶能使头清醒。

手上微机屏幕炯，信息纷纭，尽入玻璃镜。

小女东京频发令，几多短信须回应。

233. 浣溪沙【述愿】

少小心思欲揽云，钻研建筑探声频，

演推公式令销魂。

老竹根旁春笋出，前波谷后怒潮跟，
且将薪火付新人。

234. 卜算子【盾构机】

昔有土行孙，地里能行走。
今日神奇盾构机，可把山挖透。

不必道盘旋，何虑边坡陡。
桥隧相连捷径通，试看银龙骤。

235. 菩萨蛮【疫情】

新冠病毒何时灭，时潜人体来为孽。
南北又西东，轮番响警钟。

疫苗抓紧制，已作临床试。
人类智谋高，疫情终可消。

236. 天净沙【厦门海滨】

青岩碧浪红霞，白豚银艇金沙。
远望华楼丽塔。风光如画，
海滨城市宜家。

237. 浣溪沙【鸟之遐思】

小鸟身披翠锦衣，枝头成对喊喳啼，
你呼我应两依依。

不识人间何世代，能知景色渐新奇。
与时俱进应无疑。

238. 水仙子【水仙】

圆山山麓水仙园，百亩良田植水仙。
三年种得酬心愿。
茎芽巧刻镌，盆中翠叶娟娟。
黄金盏，白玉边，恁地娇妍。

239. 山坡羊【茶缘】

神农已爱，茶经青睐，平生无负清茶债。
煮泉开，泡茶来。陶壶赤色杯瓯黛。
昔日友朋安在哉。喜，可释怀；忧，且不睬。

240. 卖花声【电视剧《清平乐》观后】

仁宗一代文星拱，子美希文与晏公。

文章词赋至今崇。匡扶大宋，志同心共。

乐忧观，万人传颂。

241. 大德歌【北斗三号】

放多星，到天庭，巡天绕地行。

导向明行径，寻标定位精。

交通规划开新境。三代大功成。

242. 殿前欢【网络会议】

会场空，手机电脑接相通。足无出户将头碰。

显露音容。

时空此刻同，荧屏共。

免却人移动，山高水远，随意相逢。

243. 柳营曲【古琴】

弹古琴，发清音。七弦古桐相伴吟。

雨打蕉林，空谷鸣禽，瀑布落涔涔。

汉声唐韵遗珍，高山流水胸襟。

佳人似玉，漫拨意深深。歆，妙曲入人心。

244. 干荷叶【咏屈原】

吟江畔，咏离骚。寂寞孤臣道。

汨罗涛，望滔滔。忠魂千载恨难消。

角黍投江悼。

245. 折桂令【雁南归】

起秋风，鸿雁相随。羽翅新张，集泽于飞。

告别呼伦，排成雁字，你赶吾追。

栖息地，曾经污毁。现如今，赣地安徽，

草美虾肥。生态优良，何不南归。

246. 普天乐【江南园林】

小池清，修篁秀。泉流飞瀑，景借遥丘。

石径斜，湖岩皱，院落环廊明窗透。

四时花木掩亭楼。高低错落，密疏有致，

引胜通幽。

247. 清江引【音乐会】

钢琴协奏弦管号，线谱音符跳。

声随指棒高，曲注 EC 调。

把肖邦圣桑都奏了。

248. 天净沙【忆中村景】

老农斗笠蓑衣，水牛青草沟堤。

布谷声声未已。蔷薇花丽。

雨丝淋湿春泥。

249. 太常引【大数据】

欣闻北斗织天罗，信息乘光梭。

数据奈吾何，似韩信、从来喜多。

纵深挖掘，条分缕析。

规律隐洋波，探索越嵯峨。

寻珠得，高吟凯歌。

250. 醉中天【台风】

源自南洋海，挟雨久徘徊。

择地寻机登陆台，风眼窥天外。

拔树摧枝断牌，掀潮澎湃，暑散凉来。

251. 后庭花【忆儿时远足】

跟随父母游，清溪两岸秋。

为采芦花束，惊飞小雀鸥。

乐无忧，最关心处，瓷缸美味馐。

252.叨叨令【肤疾】

多年湿热机能弱，无端患疾人难过。

痒来抓得皮肤破，粟斑对称双踝落。

老了人也么哥，老了人也么哥。

多亏中药还康乐。

253.四块玉【名画】

黄胄驴，悲鸿骏，妙笔神来实堪尊。

毛驴温顺骅骝奋。得物魂，品自珍，

千代存。

254.双鸳鸯【养花】

在南陂，种蔷薇，护理园丁爱细微。

每日勤浇柔情水，花儿何惧意迟归。

255.满堂春【凤凰城】

著名湘镇凤凰城，镇依沱水渐修成。

遥望水面千灯映。月胧明，悦江声，

已微醒。念从文笔下乡情。

256. 贺圣朝【观叶】

青叶张，百条江，似水乡。

河汉相交输液浆，维持青春与健康。

秋风起，水渠荒，叶枯黄，洵可伤。

257. 唐多令【童心未泯】

岁月似飞梭，匆匆七十多。

眼昏花，白发皤皤，唯有童心犹未泯。

到农地，辨新蘑。

258. 唐多令【神童巴扬独奏】

左手折箱拉，指尖钮上爬。奏巴扬，

是个娃娃。捅破窝巢蜂乱舞。

一曲尽，众称夸。

259. 唐多令【博士毕业】

六载苦寒窗，换来论著长。

键频敲，撰写多章。答辩交锋谈侃侃。

方冠戴，愿终偿。

260. 红绣鞋【周末自驾游】

周末邀游自驾，商量投奔农家。

葡萄园里任君拿。甜如蜜，沁唇牙。

当真欢乐煞。

261. 唐多令【拟态昆虫】

拟态为生存，昆虫似树根。

附枝丫，肉眼难分。造化诚然多奥妙。

增智慧，识天伦。

262. 哪吒令【逛公园】

柳条，环围碧沼。曲桥，连通绿岛。

小桃，已垂树梢。好去处，

时来到，乐此逍遥。

263. 鹊踏枝【女童】

乐颠颠追着娘行，舞翩翩体如鸿轻。

滴溜溜转动双睛，笑吟吟两颊涡生。

声呖呖枝头啭莺，喜孜孜不识愁情。

264. 满堂春【集邮】

信哉邮票百科文，几多知识画中存。

能识地理于方寸。

会名人，辨奇珍，博传闻。

集邮书里大乾坤。

265. 唐多令【耳与健康】

耳内卧婴孩，表层穴位埋。

据其长，寿命能猜。勤作按摩舒气血，

健脏器，利灵台。

266. 后庭花【童年】

家居半野轩，喜当赤脚仙。

为捕蝉儿食，长竿扛在肩。

乐田园，心思总在，踢淘花样鲜。

（注：踢淘乃闽南方言玩耍的发音。）

267. 寄生草【川渝洪灾】

连番雨，似泼瓢，川渝一带遭洪涝。

乐山佛脚水中泡。小舟划进车行道。

何时降伏水龙王，禹王庙里焚香告。

268. 庆东原【牛郎织女】

银河阔，搭鹊桥，牛郎织女佳期到。

青春不老，爱情永牢。暮暮朝朝，守望在云霄。

懿范千秋效。

269. 汉东山【致新冠病毒】

何因来地球？四处作潜游。

伺机体内留，作祟也么哥。

闹得人人尽担忧。锻戟钩，

激忾仇，灭兜鍪。

270. 塞鸿秋【赞瓦特】

蒸锅顶盖寻常遇，谁能对此多关注？

幸亏瓦特深思虑，能源动力开新路。

发明蒸汽车，创纪功勋巨。

千秋万代声名著。

271. 叨叨令【节日】

寻常日子原无异，设为节日生殊义。

漫长生路张弛替，放松心境增情意。

念圣贤也么哥，庆节令也么哥。

如无节庆多无味。

272. 后庭花【音视频通话】

亲人住海涯，整天似在家。

影像声音动，交流无别差。

实堪夸，时空横跨，全凭信息达。

273. 太常引【饮食与人生】

中华料理味多鲜，酸苦辣咸甜，

五味讲求全。魅力在，烹殊味迁。

人生如是，波澜跌宕，愁苦复欣忱，

离散又团圆。对餐食，呜呼感言。

274. 普天乐【读岳阳楼记】

范希文，巴陵郡，岳阳楼记，大作恒存。

尽国忠，怀民悯，进则朝堂归来隐。

乐忧先后树人伦，毋因物喜，毋因己忿。

赫赫名臣。

275. 叨叨令【羡村童】

成人总背虚仪缚，循规蹈矩耽忧虑。

争如小子多童趣，晨昏大地怀中度。

赤足也么哥，袒臂也么哥。

天驹未受缰绳驭。

276. 柳营曲【倒影】

似镜铺，水平舒，楼房倒悬灯串珠。

修建须臾，不费功夫，幻境类原初。

只是光映明湖，影为原物之余。

风吹浪涌，则所见模糊。

吁，眼见半为虚。

277. 醉中天【诗教】

一自诗经在，文脉便伸开。

辞赋诗词络绎来，大作争风采。

诗教传承国脉，铸魂凝魄，

造就人才。

278. 山顶洞穴

洞穴居山顶，天然辟豁深。

常供云雾住，不必付租金。

279. 黑漆弩【新桃花源记】

桃源渡口烟云布，幸有北斗标注。

驾轻舟，直入村墟，且与乡贤欢叙。

只知秦，不识明清，更不识当今宇。

喜相邀，重返人寰。

讶眼豁，无言久觑。

280. 浣溪沙【国际校区开学典礼感怀一】

典礼师生聚一场，新招学子自多邦。

齐听校长话衷肠。

还是青春时令好，充盈活力意飞扬。

老夫羡煞少年郎。

281. 浣溪沙【国际校区开学典礼感怀二】

一面红旗挂巨墙，青年学子志高昂。

宛如朝日在东方。

我亦曾经年少过，只今两鬓已苍苍。

夕阳虽好薄西冈。

282. 游四门【钓翁】

群中几位老渔翁，谈钓兴冲冲。

串钩爆炸随心控，桶内总无空。

烹，美味溢香浓。

283. 一锭银【国庆遇中秋】

双节难逢今日逢，喜气双重。

八日假，城乡流动，款曲相通。

284. 浣溪沙【赏先严遗作感怀】

笔迹分明气势扬，细闻书页有余香。

幸存遗墨供端详。

告语后生多写作，留传于世足风光。

诗书毕竟比人长。

285. 醉高歌【希望与梦想】

希求预享成功，憧憬期收幸宠。
人生岂可从无梦，梦想催生奋勇。

286. 电风扇

空气流通叶片旋，摇头晃脑显清闲。
无须人动芭蕉扇，直令秋天代夏天。

287. 咏史

九曲黄河万古流，北南兴替几王侯。
都城迁徙复修建，又是长安又汴州。

288. 科普嘉年华

带女携儿观实验，春苗播插在秧田。
好奇总令心思动，长大攀峰勇领先。

289. 闻美国交响乐队齐奏红楼梦感赋

管弦齐奏唱红楼，列队歌星展玉喉。
老外亦迷中国曲，不输北美与西欧。

290. 叨叨令【儿童的疑惑】

雏鸡鸡卵何能破？青蛙长尾如何没？

蝉儿蝉蜕何时落？几番蟹壳离身脱？

为长大也么哥，去束缚也么哥。

探明真相消疑惑。

291. 拙词忝列福建一城一诗感赋

诗词城市结良缘，土木文章共百年。

总为当初曾际会，遂留佳话在尘间。

292. 卖花声【雨巷】

江南古巷饶诗意，丝伞旗袍仕女绮。

千条细雨湿灯旗。墙高路窄，花红叶翠。

且徐行，屐声清脆。

293. 醉中天【佛与树】

悟道菩提树，贝叶写经书。

双树娑罗枝干粗，正是泥洹处。

绿叶蓬蓬似庐，覃思深虑，

融通般若真如。

294. 中秋赏菊

记得人间节几多，中秋绽放菊婆娑。

千株万簇花容秀，映入心湖荡喜波。

295. 偶得

自迩自卑行远高，三思三省得逍遥。

致知格物明规律，举重如轻一羽毛。

296. 律吕

竹管悠悠八一长，三分增益定宫商。

春官周礼明音律，偶作阴来奇作阳。

297. 谜诗一

危襟正立态端庄，若谷虚怀敞亮堂。

熟纳生吞来不拒，珍馐美味我先尝。

298. 和氏璧

楚王不识宝，璞玉当粗珉。

可叹卞和氏，怀珍泣血淋。

299. 曾三颜四

孔门弟子尽名贤，颜四曾三美誉传。

若是今人多效仿，风清气正自无愆。

300. 谜诗二

咫尺茫茫万顷波，时而汹涌复平和。

忽明闪电灵光现，多是晴澜发语歌。

301. 刮地风【自叙】

每日骑车校内游，宿舍红楼。

退休工作未言休，可避闲愁。

夏终秋至，送昏迎昼，去日悠悠。

学新温旧，诗书终日友，声光再度修，

倒也风流。

302. 节节高【国庆中秋夜】

月圆云淡，路灯光灿。

商家结采，餐楼盛馔。

两节逢，亲朋聚，兴未阑。

更有烟花照眼。

303. 题画

桂树丹枫衬月圆，中秋国庆结良缘。

杯盈美酒高高举，可比蟾宫古酿甜？

304. 谜诗三

斯文君子纸为衣，性格刚强未可欺。

碎骨粉身浑不怕，要留绝响化春泥。

305. 刮地风【故地重游感怀】

岁月东流去未休，洗淡情愁。

心情迥异独登楼，几度春秋。

少年心事，至今唯有，梦里残留。

老来怀旧，何时寻故友，

相携此地游，再忆温柔。

306. 观某些电视诗词节目感赋一

崇古情怀仍未消，佳宾尽颂旧诗骚。

今人作品成鱼目，法眼无珠失瑾瑶。

307. 观某些电视诗词节目感赋二

不薄今人厚古人，传承文化续新文。

前诗固好歌吟久，应有时花配此春。

308. 玉交枝【科学与想象】

环形山脉，围绕圆坑地台。

荒凉满目无生态，缺水气，失雾霾。

蟾宫桂殿连玉阶，吴刚玉兔姮娥泰。

想象清光月魄，渲染传奇色彩。

309. 玉交枝【乐诗书】

身心相寄，老来诗书养怡。

游舟石柱绳牢系。任岁月，流不羁。

谐音格律今益迷，年来元曲从头记。

赋毕铺笺落笔，书就东墙挂壁。

310. 猜灯谜

搜索枯肠使劲猜，成功全靠窍门开。

云遮雾障疑无路，谜底原存咫尺台。

311. 我和我的祖国

一曲高歌遍九垓，悠扬旋律入心怀。

我同祖国波同海，快闪吟成上舞台。

312. 人月圆【心斋】

无拘无束心平静，危坐在楼台。

止听于耳，唯听于气，忘却情怀。

丹田意守，纳新吐故，杂念皆排。

脑区休复，神清气爽，此曰心斋。

313. 朴素之美

朴素纯真莫可争，浓妆艳抹失原形。

鹄无刷白颜如玉，花不涂红色自明。

314. 整容

拉皮隆准易容颜，力挽徐娘半老年。

不识佳人真面目，只缘新近到南韩。

315. 游四门【秦皇求仙】

传闻东海有三壶，缟兽树盈珠。

秦皇欲觅长生木，亲驾至芝罘。

吁，薨逝在归途。

316. 中日交流

平城京仿古长安，居易诗文日本传。

徐福携童东渡后，扶桑疑是海三山。

317. 桃瓶

尚未插花桃已开，春光缕缕照书斋。

谁人描出婆娑态，四季如恒亮粉腮。

318. 端砚

蕴在深坑人未识，匠工巧把紫云裁。

一方摆放书台上，助我挥毫气韵来。

319. 花园

近来楼后辟新园，养目怡神气益鲜。

怜我老年身寂寞，令同花木结邻缘。

320. 鸟语

每日枝头信口吟，喳喳未改旧时音。

何人能训鸟儿唱，变换声腔曲调新。

321. 殿前欢【枯山水】

细铺沙，涟漪扩散巧梳爬。

立岩为岛观禅画，人近思遐。

枯山水景佳，似与波涛话，

不觉风光假。

庸思放下，心静无哗。

322. 小桃红【三角梅】

厦门十月到中秋，犹有花枝秀。

道路双旁锦如绣，喜迎眸。

市花到底名无谬，前花谢后，

新花依旧，累累漫枝头。

323. 一半儿【半野轩】

泥墙瓦盖不华奢，龙眼黄皮园半遮。

半亩菜畦瓜种些。避人车。

一半儿城郊一半儿野。

324. 一半儿【听音窟】

竹筒引水滴深缸，缸内回鸣闻乐扬。

音色清纯余韵长。辨宫商，

一半儿弹弦一半儿锵。

325. 朝天子【电脑】

案台，镜开，转瞬联天外。

声光信息续流来，数据潮澎湃。

来往书函，如穿梭快。

今朝作秀才，广摘，博采，

学识千车载。

326. 红绣鞋【曲水流觞】

曲水流觞多趣，文人相聚欢娱。

杯停吟句赋临渠。

兰亭曾作序，风雅羡当初。

古风当继续。

327. 凉亭乐【阅相册感怀】

闲翻相册忆当初，印象模糊。

所幸曾经摄彩图，挽得青春驻。

英男靓女，翩翩又楚楚。

可叹光阴，东逝如同过隙驹，

匆匆去，流不居。

328. 赞叶嘉莹先生

青年漂海外，晚岁返家园。

弱德崇韶美，词评树要诠。

柔肩扛大帜，细嗓发豪言。

诗教凭开拓，文华百代传。

329. 凉亭乐【迎城规建筑专业评估】

多年一度又评估，展板新铺。

不足成功自理梳，迎得专家驻。

桃华李实，家珍仔细数。

放眼寰中，究竟风光几处殊？

重挥笔，描靓图。

330. 歌曲"我的祖国"

六十年来唱大河，上甘岭上炮声和。

兰英始咏深情曲，百姓高吟正气歌。

祖国江山风景异，人民品性勇谋多。

猎枪美酒两皆备，且看千帆历万波。

331. 卖花声【现代生活】

电邮免却鸿书候，高铁常消送别愁，

优盘抵了储书楼。

二维扫码，无银销售。

慢生涯，却难消受。

332. 醉中天【琴童多多】

疑是诗昆再，到处小天才。

耳里琴声四下来。

学着承宗态，奏着肖邦比才。

还双亲债，且上琴台。

333. 贺涧水诗社微刊

创办微刊聚众星，文华熠熠闪晶莹。

滔滔涧水东流去，尽是诗人豪迈情。

334. 后庭花【城市生活】

行人步履匆，车流长接龙。

虽有双休日，加班岂放松。

夜灯红，穿梭不息，小哥送货中。

335. 重阳节

又到重阳节，登高望夕霞。

迎眸光景好，忘却日西斜。

336. 游流溪河

碧浪林丛一色同，游江船上暖情融。

远岑因为蓝光散，未有近山青意浓。

337. 从化温泉

积蓄温情久，终归泻出来。

清泉承感染，着意暖胸怀。

338. 老来记忆差

老来记忆不如前，时忘人名只识颜。

搜索半天方想起，脑中屡启谷歌盘。

339. 从化省干疗院内荔枝丛

院内荔枝百载栽，斑斑虬干附萝苔。

只因此地养生好，老树至今犹未衰。

340. 从化静修小镇一

群山怀抱南平镇，修竹荔枝一色青。

万绿丛中何醒目，村头红柿挂灯明。

341. 从化静修小镇二

地衣苔藓粘枝干，相间白青色块斑。

荔树亦披迷彩服，欲遮战士保平安。

342. 水仙子【思索】

多情总令念思多，漫把思丝织网罗，

寻她百遍何时获？凝眉细琢磨，

痴心何惧蹉跎。

穷求索，似着魔，总上心窝。

343. 荔树新叶

荔树秋来新叶红，梢头远望与花同。

疑因果落容颜淡，再染丹朱在绿丛。

344. 谜诗四

十多乖宝宝，裹着厚棉袄。

躺在吊篮里，上头绿盖罩。

345. 因借

园林诚有限，视野大无垠。

宜把周边景，借来作友邻。

346. 晨吟

清梦醒来独自吟，每成佳句惬人心。

老夫无复思嘉奖，一寸欣怡一寸金。

347. 满堂春【体检】

彩超心电 X 光图，器官查检不模糊，

微恙隐疾尤关注。盼无殊，

可无虞，得安俞。

预防为主幸何如。

348. 赞马

天生亏有马，凹背适人骑。

欲速长途路，奔驰奋四蹄。

349. 咏风

行于水面自成文，掠过林梢韵可闻。

遍历城乡输净气，飘经天上送流云。

350. 观侨大校庆晚会感赋

学子登台歌舞轮，英姿靓影美无伦。

老天毕竟持公正，赋予人人一度春。

351. 赞大熊猫

中华幸有大熊猫，萌态赢来众发烧。

不愧明星排第一，外交亲善自功高。

352. 有感

气候春秋依次轮，人群四季并时存。

童青壮老不同态，共在社区相望闻。

353. 山

林木为衣茅作发，清泉血脉布周身。

巉岩立骨脊梁挺，洞穴吞霞复吐云。

354. 与学生相聚西溪湿地感赋

厅堂仿古傍清波，地覆林丛隐鸟窝。

树为秋来黄叶布，天因风聚瑞云罗。

高徒四座陪师久，龙井一杯叙话多。

茶不醉人人自醉，眼前美景令颜酡。

355. 相聚有感

相聚一场少一场，老夫非复壮年郎。

良辰美景宜珍惜，抓住东流寸寸光。

356. 技术科学论坛

各路聚英才，缤纷亮讲台。

论文宣首创，技术列前排。

炮舰凭攻守，空天任去来。

节材优拓扑，建筑美图开。

357. 梦境

梦中故事好情节，虚拟疑真此发端。

人物时空重组合，听凭思绪任纠缠。

358. 少年梦境

少年毕竟弱情商，每有相思入梦乡。

市里寻她千百度，醒来依旧隔遐方。

359. 郭昊栩带我参观广州文化新馆感赋

郭君领我观新馆，建筑韶和古典风。

几处楼台留匾额，重磨端砚润毫锋。

360. 机上所见

岗峦皱绿水铺蓝，道路羊肠绕岭缠。

峡谷之间村落布，俨然屋舍若棋盘。

361. 借景

园借风光不用赊，近山远岫望无遮。

门迎牖纳邻家景，秀色回环享尽奢。

362. 赞演员

银灯华服舞婆娑，宛转声清弦管和。

最是动人心魄处，明眸顾盼送秋波。

363. 某君退休生活

一卡登车逛四园，他人任重我清闲。

儿孙自有儿孙事，乐得吟诗制美篇。

364. 秋菊

谁道秋花淡，红黄色竞妍。

娟娟如剪出，缱绻锦成团。

365.能工巧匠

历代多能匠，专心苦练功。

运斤风去粉，游刃骨离肱。

吊货纹丝接，焊钢毫发熔。

行行才辈出，国势赖兴隆。

366.快活年【网购】

近年购物网中查，由人交到家。

图书百货与蔬瓜。且是便宜价。

回溯防欺诈。多脱洒！

367.殿前欢【阿堵物】

叹乎哉，无钱难以度生涯。

钱多无益皆身外，阿堵堪埋？

钱财岂胜才，未可痴心爱。

只要青山在，散完复至，

苦尽甘来。

368.上小楼【红楼赞】

红楼乍修，瓦当才就，油漆方黲。

旧宇新颜，悦目怡眸。

住此楼，环境幽，牖明窗透。

复何求，乐消昏昼。

369. 鱼游春水【手风琴】

键盘清，贝司明，源自笙。

气激簧鸣。

一架能同弦管竞，民乐西洋协相应。

箱拉指未停。

370. 满堂春【斋居】

旭光斜照木书台，举头欣看蕊繁开，

幽境乐得闻天籁，燕莺谐，蝶蜂来，

乐悠哉。

一杯龙井畅心怀。

371. AI 作诗

人工智慧赋诗篇，平仄相宜韵不偏。

模仿前贤频训练，难期李杜诞其间。

372. 傅氏变换

周期信号析为何？一组余弦曲线波。

热电声光皆若此，分清频谱益良多。

373. 微观世界

芥子纳须弥，微观世界奇。

蜗牛双角国，百万发车骑。

374. 盆栽水仙

田中移到室中栽，唯有清泉伴尔来。

感受斋居书卷气，馨香阵阵散窗台。

375. 柳丝

欲同池水竞温柔，弯下身躯低下头。

蘸着清波吻落叶，千条飘拂影悠悠。

376. 阿尔茨海默症

娘子平生原未识，为啥端坐傍书台？

儿孙外地归家至，笑问客从何处来。

377. 少年心事

少年情意不难猜，强把相思脑里埋。

满园春色浑未见，一心只悦那花开。

378. 广济桥

亭立舟横两岸交，可开可闭跨波潮。

千年不尽长流水，争仰韩江此古桥。

379. 浣溪沙【童年遇匪】

两只箩筐一担挑，我和阿姐当篮摇。

黄昏行到半山腰。

忽遇匪徒来劫物，家人未损一毫毛。

良心仍在未全抛。

380. 浣溪沙【童年歌声】

胜利红旗到处飘，歌声地动又山摇，

游行队伍热情高。

旋律至今犹熟悉，孩提岁月似非遥，

童年记忆叹深牢。

381. 四块玉【李子柒】

短视频，千千粉，拍尽悠居美乡村。
制衣美食樱桃酝。古味淳，祖到孙，
冬至春。

382. 卖花声【驴友】

如今多遇徐霞客，喜逛山川探绝崖，
周游天下豁胸怀。
背包携袋，访村寻寨，
结驴朋，好生豪迈。

383. 小桃红【无人机光景】

无人机阵上天飘，灼灼光相照，
摆出图形叹奇妙。特新潮，
须臾组字当空耀。
撒星夜宵，又成翔鹞，
飞过小蛮腰。

384. 初冬的紫荆

寒流南下入凉冬，窗侧紫荆依旧红。
羡尔热情燃永久，明春续放笑春风。

385.谜诗五

孪生兄弟总成双，不细不粗一样长。

常搂手中多宠爱，佳肴美味让先尝。

386.山坡羊【文章与评奖】

文章已载，千秋都在，难因评奖增青睐。

畅襟怀，静灵台，青山自在红尘外。

莫受泥名虚誉差。

成，固快哉；亏，不失彩。

387.时事

桌上荧屏转瞬开，万方信息悉收来。

空间并列人同事，尽在时中寸寸揾。

388.景观互借

观景兼为景点观，风光互借两相欢。

遥瞻近仰呈殊貌，易地尤能不厌看。

389.卖花声【奋斗者号深潜万米】

龙宫到访珍稀客，"奋斗"深潜降玉阶，

龙王忙接贵宾来。

鱼虾环舞，珊瑚迎拜。

可燃冰，亦呈娇态。

390. 卖花声【嫦娥五号登月】

嫦娥再次吞灵药，飞向茫茫万里霄。

此行登月有新招。

先乘火箭，再登飞轿。

欲查清，月球真貌。

391. 灵璧石摆件

案上移来一石山，高悬瀑布挂中间。

分明立体范宽画，叠叠皴纹墨色酣。

392. 新年感赋

回首华年逝，匆匆七四春。

童心驰碧落，老体寄红尘。

六合藏奇广，三维蕴意深。

寻求何敢忘，创作愿犹存。

393. 朱熹守漳

讲明礼乐正人心，书院隆兴旧址存。

朱子治漳推教化，海滨邹鲁世风淳。

394. 黑漆弩【怪木摆件】

天然怪木窗台立，通体漆黑如墨。

镂空雕，曲折凹凸，造化自饶功力。

似湖岩，瘦皱奇形，应与苑墙相配。

待移来，建筑模型，

更插植，藤萝柏桧。

395. 清晨遇附中学生骑车上学感赋

迎着寒风脚踩轮，争先恐后入黉门。

其中应有优才者，立志思齐钱学森。

396. 天净沙【美景】

蓝山碧水青林，晴空净气浓阴。

佳景如同绣锦。画师难任，

唯能刻入深心。

397. 文理相通

平生属理又崇文，两者思维共性存。

概括特征依类比，人分专业事难分。

398. 赞林徽因

聪明美貌赞徽因，一世芬芳百世馨。

建筑诗文赢盛誉，才郎才女结良姻。

399. 咏蚕

勤吞桑叶吐银丝，供给他人不自私。

有赖春蚕多作业，中原锦缎耀龟兹。

400. 创造性学习

勤披万卷理经纶，灵感常萌思索心。

别样眼光观事物，身居陋室报新春。

401. 塞鸿秋【清华忆】

青春岁月清华度，舒张嫩叶承甘露。

八年离校逢机遇，同窗故友重相聚。

人生十一秋，在此经寒暑，

树苗长作楹梁木。

402. 植物之灵性

植物存灵性，心思有所追。

葵花朝日放，柳线向波偎。

淮橘移成枳，含羞触则垂。

此中多奥秘，规律莫能违。

403. 赞张桂梅

事迹传遐迩，精神感动深。

讲台忠职守，病体裹红心。

养育多孺子，教成有用人。

胸中怀大爱，不涉血缘亲。

404. 上小楼【珠江夜游】

礼花耀空，管弦声弄。

大厦披灯，车道流光，店闪霓虹。

宴未终，酒盏红。

游船开动，溯珠江，恍如仙梦。

405. 骑车乐

代步骑车乐，身轻得自由。

鸟从云际掠，鱼在藻间游。

少小养成习，古稀亦未休。

奔驰同宝马，有此复何求？

406. 芭蕉延寿【怜花】

朔风寒，荆花憔悴欲凋颜，

未换红裙服饰单。

心怜天冻花落瓣。

祈阳光，多一番。

407. 贺月球采样成功

往返万千里，采来样土归。

嫦娥功业伟，智士誉声蜚。

探器蟾宫落，红旗桂殿飞。

世间何宝物，堪比月岩瑰？

408. 冬至

冬至知冬至，果然天气寒。

重穿毛线袄，又食火锅餐。

微信群多信，汤圆人未圆。

历书余数页，翘首盼新年。

409. 祖国万岁

一曲名歌记得清，至今犹忆昔豪情。

戎装将士英姿立，铜木管弦慷慨鸣。

旋律铿锵铭内腑，和音嘹亮动全厅。

欢呼建国十年庆，谱出金扬玉振声。

410. 醉中天【赞口罩】

小小棉纱罩，口鼻把关牢。

病毒如随飞沫飘，不入咽喉窍。

挡住千魔与万妖，一夫当道，

长安保住功高。

411. 议梦

梦里空焦虑，醒来尽释怀。

甜乡方喜乐，尘世复愁哀。

夜昼双重境，实虚不一垓。

陈痕频刺激，潜意藉能猜。

412. 建院师生同乐晚会

为迎辛丑吉年来，岁末师生庆一台。

欲用青春之活力，驱开疫雾扫阴霾。

413. 四块玉【假日读书】

晨雾开，流光彩，花影斑斑满窗筛。

虽逢假日无弛怠。

处静斋，傍桌台，书一排。

414. 快活三【拉手风琴】

风箱背上肩，手指舞蹁跹。

琴声似水淌溅溅，涌出金簧片。

415. 考研生

冒着寒风至，书刊兀自抔。

欲提升本事，更上一层楼。

416. 和光

和光为白谱相融，须有三棱散紫红。

七彩齐存呈复色，晴明普照厥功同。

第四辑
2021 年作品

1. 青杏儿【牛年之愿】

弹指又新年，太匆匆，鼠送牛牵。

年年总有年年愿，心安身泰，民安国泰，

福泽绵延。

虽白发盈颠，惜精神，不似从前。

但教静好思如昨，诗也好，文也好，

再创新篇。

2. 菩萨蛮【鄂尔多斯舞】

当年一阕风情舞，风靡年少男同女。

历届众厅台，联翩排演来。

舞姿多恣纵，旋律令心动。

欢乐草原风，裙裾摇曳中。

3. 塞鸿秋【寒假】

疫情未靖居家住，亲朋多是云端聚。

青山绿水逍遥去，闲时莫到人多处。

小园花叶浓，曲径宜行步，

红楼正好将书著。

4. 菩萨蛮【福字挂历】

红笺金粉书成福，几多数字填盈幅。

七数列成排，每周依序来。

人心同此愿，国泰民安健。

辛丑吉祥年，开心每一天。

5. 骑车之乐

自备铁单骑，双轮地上驰。

虽无赤兔马，却有黑骅骊。

脚踏身行动，手扶体不欹。

随心游四野，南北又东西。

6. 卖花声【家宴】

如今食肆多兴旺，订食三餐快递忙，

反教家宴不平常。恰逢元旦，人贻佳酿。

下厨房，炖羊蒸蚌。

7. 幸运儿

生为人类不寻常，概率几何费计量。

幸具双睛明赤绿，喜张两耳辨宫商。

舌尖细蕾尝佳味，鼻穴神经嗅异香。

五感协同观景色，彩球一粒是吾乡。

8. 零零阁

零零学子建园亭，东望荷塘叶色青。

叠顶重檐楹架立，围栏八角玉雕成。

峥嵘岁月增奇志，隽秀阁楼寄旧情。

他日相携游故地，同窗已是冀华生。

9. 福字

右为一口田，礼字立旁边。

有地农心稳，粮丰福泽延。

10. 学英文

二六英文字母全，列排组合化千千。

或长或短指称变，时重时轻意思迁。

可据拼音明信息，能凭词缀辨言诠。

因非早学唯多练，何畏古稀记更难。

11. 四块玉【球】

凭跃空，随横纵，八面溜光特玲珑。

自由无轴飞旋动。

无始终，任北东，周径同。

12. 汉东山【冲浪】

屈身踏板行，巧借浪波能，

如同驭马腾。潇洒也么哥。

最爱洋边待潮生。舞未停，

飞沫迎，伴涛声。

13. 贺圣朝【查干湖捕鱼】

钻破冰，马拉绳，天未明。

冬季查干湖上行，

众人围观热气腾。

网拽起，出深坑。

跃银鳞，噗喇声。

14. 四块玉【直线】

无限长，无阿柱，无始无终望无疆。

世间何物差相仿？费打量：

流隙光，思未央。

15. 鱼游春水【萤火虫】

小昆虫，带灯笼，张翅飞，会聚林丛。

多少诗词曾吟诵，最令儿童稚心动，

流萤闪夜空。

16. 刮地风【地铁城】

地下潜龙日夜忙，掣电流光。

多条铁轨贯绵长，隧道深藏。

纵横交错，八方通畅。

送往迎来，街明灯亮。

如今城下方，通廊连店堂，

另辟城乡。

17. 海上风电

三臂巨人立海滨，纵横布阵结成群。

经寒历暑诚无畏，昂首挺胸特有神。

高浪冲腾高塔座，大风吹转大飞轮。

源源不断能源供，节省标煤逾亿吨。

18. 学生军训

人人迷彩服，个个虎龙腾。

跑道驰方队，操场发令声。

能文能武士，握笔握枪生。

或有从戎日，骁骁一列兵。

19. 老人自叙

记忆难如昔，睡眠做梦频。

头颠丝发白，额顶皱纹深。

岁月指间失，青春脑际存。

欲求心态好，暂忘己生辰。

20. 咏钟

钟铎青铜铸，清声撞击扬。

低频传广远，洪韵响铿锵。

市井鸣时刻，黉宫召学郎。

新年期报岁，寺庙祝祥康。

21. 贺王玉明院士八十华诞

诗人八十诞，美玉耀山辉。

业绩群人仰，文声四海蜚。

有缘成挚友，何幸识璋圭。

绛帐垂模范，后生当可追。

22. 寄生草【民宿】

重装饰，供旅游。

农家待客殷勤候。

明窗开启望山岫，

西园栽满瓜和豆，

河汊靠岸泊渔舟。

脱贫半靠溪山秀。

23. 诗词群

每日吟诗诗意添，微群时有闪光篇。

中华自古崇歌赋，文似甘霖润旱田。

24. 天问

天问探天逾百天，火星盼有可耕田。

神奇新陆终须见，荧惑何时建乐园？

25. 卜算子【踢踏舞】

疑是马蹄声，又似敲边鼓。

原是钉鞋踢踏鸣，少女成排舞。

节拍令人迷，奏乐何须谱。

拨动心弦靠足音，悦此奔腾步。

26. 诗词的魅力

李杜苏辛大作存，超群智力尽从文。

吟成故尔珍无偶，读毕因而妙绝伦。

倘使先贤崇格物，料多科哲类牛顿。

身为华裔如明此，乐趣自然添数分。

27. 满江红【抵御新冠肺炎】

小小新冠，搅得是，周天寒彻。

侵入体，潜踪滋长，伺机作孽。

双肺斑斑干咳嗽，浑身软软难凝血。

莫粗心，感染此妖氛，徒悲切。

军民奋，先机夺，疫情减，何时灭？

望群防固守，莫留空缺。

加大疫苗开发力，补充抗体维生素。

待来年，协力送瘟神，寰球悦！

28. 闻全球新冠肺炎患者逾九千万例感赋

新冠肆虐遍全球，一寸心灰一寸愁。

千万黎元身患疾，天涯荒草冒坟头。

29. 望月

澄澄天际彻无云，两地相思念故人。

明月不知凡世疫，清辉依旧满银轮。

30. 胡十八【圆舞曲】

华尔兹，步姿俏。

三拍子，伴身摇。

一强二弱乐逍遥。

曲好，舞妙。

看指挥，亦欢蹈。

31. 评价

有人欣赏有人嫌，所幸粉丝识要言。

标准不同评价异，诗家讵料几篇传。

32. 祆神急【才子】

词章华锦绸，论著焕星斗。

诗书格物，番番皆上手。

胸如海浪宽，目似光波透。

乾坤究，规律求，拨迷云探珠，

怎地风流。

33. 双鸳鸯【古琴演奏】

抚丝桐，响铮琮。

玉女端庄指似葱。

古韵今声弦外涌，

高山流水落澄泓。

34. 山巅草堂

欲在山巅筑草堂，一间租予白云藏。

无须玉砌雕梁造，只要门旁有野樟。

35. 旧歌

总因怀旧唱陈歌，旋律昔今不协和。

老曲听来尤悦耳，悠悠岁月荡余波。

36. 明月

一轮银镜嵌青天，与我遥遥相对看。

投射清辉明未减，好将影像映其间。

37. 长相思【游子思归】

日思乡，夜思乡。

水远山遥隔大洋，

故乡望渺茫。

昼时长，夕时长，

但盼春来有直航，

启程归梦偿。

38. 寄生草【相见与别离】

离容易，见却难。

离时总觉时间慢，见时总想把时绊。

时间相对人嗟叹。

见时节恨不将恋丝缠，

离时节又把那佳期盼。

39. 风入松【辟谷】

劝君欲治肚皮松，辟谷有神功。

果蔬肉蛋堪餐用，每餐食，七八分供。

五谷薯粮少食，清茶苦槚多冲。

40. 迎仙客【鸟儿合唱团】

绿叶间，树丛端，鸟儿组成清唱团。

燕呢喃，雀叫欢，莺鹊间关。

不必丝弦伴。

41. 小桃红【采茶扑蝶舞】

春风又绿遍山冈，茶女心欢畅。

一曲山歌百年唱，韵悠扬。

忽瞅蝴蝶停枝上，彩绸扇张，

轻移莲步，扑蝶兴弥长。

42. 金字经【大楼移位】

千古未闻事，大楼平地移。

支上千斤顶机，奇！

看楼身地基，轻离位，

已行千米西。

43. 清江引【老汉上餐馆】

百货大楼餐店集，入座须排队。

点餐屏幕瞧，结账云端计。

无奈老头归去食。

44. 普天乐【登广州塔】

小蛮腰，登高立。羊城胜景，

一览无遗。

中轴明，楼堂继。

剧院如珠还如贝。

广场延，塔矗东西。

钢架竖桅，珠江似练，

一派生机。

45. 一锭银【问榕】

故宅阶旁一古榕，老态龙钟。

常欲问，何时谁种？

记忆犹聪？

46. 菩萨蛮【钢琴家】

心中自有千千谱，指挥十指轻轻舞。

杠杆击琴弦，音波扩万圈。

薄冰层乍破，珠霰银盘堕。

中外曲交融，饮醇陶醉中。

47. 奠基石

奠基石在红楼下，民国名人刻姓名。

物事更新无止境，几番风雨几番晴。

48. 记忆芯片

人人脑里装芯片，历史三维尽可观。

搜索勾联区块链，亲朋故事永流传。

49. 得胜令【北斗卫星图】

北斗太空游，视野遍全球。

大地微微皱，汪洋展碧绸。

齐州，九点青斑秀，

江流，几丝曲线柔。

50. 干荷叶【儿童滑旱冰】

鱼翔水，鸟穿云。

塑帽头安紧，踏飞轮，抖精神，

穿梭来去满场奔。

更比哪吒俊。

51. 腊八粥

腊八节尝腊八粥，菽粮什锦火熬稠。

香甜软糯宜童叟，祭祖驱瘟吉幸求。

52. 大咖

学术权威与大咖，自然成长浪淘沙。

欲为经典多年后，不必吹嘘奏喇叭。

53. 庆建党百周年

小小红船驶出湖，乘风破浪辟征途。

百年回首峥嵘岁，众目前瞻锦绣图。

巨舰如今航大海，明灯永日照通衢。

煌煌祖国复兴史，先辈功勋应大书。

54.唐多令【二维码】

平面二维图，图形类黼黻。

视音频，信息全输。

一扫而知多知识。

屏幕亮，览无余。

55.读书

映雪囊萤喜读书。经纶满腹眼胸舒。

先贤志士为模范，尚应多思重反刍。

56.醉扶归【付出】

付出诚欣慰，有爱不言亏。

帮助他人自展眉，不必求回馈。

奉献唯求自知，何计他人昧。

57.人月圆【梦回故居】

近来常做童年梦，似返旧时村。

石桥溪涨，野莓果熟，芭乐香醇。

旧家记是，石埕瓦屋，龙眼遮门。

乡居虽陋，儿时长住，倍感温存。

58. 三番玉楼人【望乡】

故国三千里，航路数时飞。

无奈新冠肆虐期，只可云中会。

怅分离，未能归，几时回？

他乡春到迟，朔风尚吹。

遥知粤穗，百卉已芳菲。

59. 混凝土

水泥拌石碴，添剂和河砂。

凝块坚承压，加筋韧抗拉。

长桥跨海峡，大厦入云霞。

建筑开新纪，人居半靠它。

60. 水仙子【无人机】

从前长线放风筝，风刮风筝挣断绳，

天涯海角飘无定。

如今科技兴，

小飞机，遥控飞行。

编成阵，定位精，齐上天庭。

61. 叨叨令【消洪灾】

倾盆大雨来天外，狂风拔树连根拽。

街衢淌水人难迈，可怜车库潮澎湃。

待几时也么哥，待几时也么哥。

海绵城市消洪害。

62. 四换头【城市】

车流描线，街道交叉棋格填。

高楼多眼，墙披玻片。

湖围绿圈，江将饼剪。

入夜星河浅。

63. 满庭芳【明星】

明眸绛唇，披肩卷发，秀腿高跟。

腰描曲线身材俊，笑靥涡痕。

施脂粉，油膏盖纹；巧整容，长睫疑真。

饶风韵，观塘望云，

令雁落鱼沉。

64. 按部就班

光阴似水逝无痕，生活平凡转齿轮。

日月与吾同碌碌，东西旦夕看升沉。

65. 桂香

秋来桂树出园墙，银蕊金花放未央。

缕缕清香携不去，唯留诗句忆芬芳。

66. 学书

因难割爱常留字，勤练学书进步多。

品鉴随之增目力，遂将媸者弃筐箩。

67. 念奴娇【感悟人生】

江河行地，向东逝，日夜奔流无止。

日月经天，明昼夜，亘古至今如此。

四季轮回，大千世界，万物恒生替。

环观宇宙，地球精彩无二。

有幸来此星球，人生经百载，神机天赐。

尝遍菽粮千种食，美景良辰堪对。

列国周游，见闻众世相，读千年史。

宜留痕迹，毋因虚度生悔。

68. 清平乐【相悦】

两情相悦，默默无言说。

最是心中知冷热，相处温馨融洽。

无须镇日相从，遥思笑貌音容。

吐出真丝缕缕，春蚕至死方终。

69. 唐多令【丰收宴】

农家麦新收，院中宴友俦。

饮新醅，满碗盈瓯。

擀面宰鸡红焖肉。

农家乐，复何求？

70. 唐多令【挂灯笼】

年味渐趋浓，灯笼挂树丛。

迓新年，众意相同：

扫去阴霾增喜庆，

春风至，荡心中。

71. 水调歌头【诗词写作】

阐释物之理，吟咏世间情。

一支秃笔抒写，意愿与心声。

不仅风花雪月，更有人文科技，

事事可诠评。

体现与时进，留供后人铭。

现代话，新术语，应欢迎。

行文通俗，宜使村妪解分明。

力戒佶屈聱牙，少作艰深晦涩，

普及冀能成。

百代诗词业，吾辈当中兴。

72. 大德歌【游子思乡】

乱云飞，暖风吹，水隔山遥人未归，

饮食无甘味。

春将至，梦几回。

家乡亲友频相慰，怕煞子规啼。

73. 卖花声【校友】

清华昔日交肩过，此后人生变化多，

东西南北各腾挪。

有人发迹，有人罹祸。

更多人，愿成堪贺。

74. 荆花

阵阵朔风寒季至，纷飞落叶满阶前。

荆花望去多憔悴，惜未相逢四月天。

75. 叨叨令【数字货币】

金银一度成钞币，如今数字全能替。

手机一扫完交易，加加减减寻常计。

两袖清也么哥，两袖清也么哥，

家财泰半存云际。

76. 卜算子【辛丑春节】

雪霁送冬归，日暖迎春到。

四处灯笼耀瑞红，齐把良辰报。

商店货充盈，花市花枝俏。

春节今年不返乡，屏幕同欢笑。

77. 塞鸿秋【国乐大典】

琵琶箫笛琴筝奏，佳人国手台前秀。

超群演技根基厚，歌吹彻响云间透。

瀑泉落碧潭，玉斗倾珠豆。

声声入耳心弦扣。

78. 刮地风【LV 包】

女士风靡 LV 包，进口奢豪。

一背肩上特时髦，赶上风潮。

百年名店，真材实料，

细致加工，构思精妙，

因而价格高。

名牌号一标，厚利多销。

79. 偶悟

曾经努力无遗憾，谋事在人成靠机。

形势终归难抗逆，一江春水岂流西。

80. 四换头【钻营】

钻营活动，纵使谋成转眼空。

逢迎趋奉，虚名迷众，

一时蹿红。

待雄鸡唱垅，啼破黄粱梦。

81. 作品之缘

水到渠成顺自然，西瓜强扭岂甘甜。

虚名欲盛期难达，作品如儿别有缘。

82. 刘郎与桃花

桃花岁岁开，欲等故人来。

此蕊非前蕊，刘郎安在哉。

83. 蝶恋花【乾隆诗作】

诗作乾隆超万首。遥想当年，

不乏歌吹手。

谀美之词如列宿，

如今诗集蒙尘垢。

作品靠精鲜靠秀。

大作佳篇，不胫而游走。

你吟我诵经众口，

天南海北传长久。

84. 凭栏人【读《吕蒙正风雪破窑记》有感】

蒙正才高遇月娥，慧眼知人恩爱多。

叹传奇可歌，问佳缘几何。

85. 咏春

春赋诚难作，只缘咏者多。

冥思无创意，踯躅费吟哦。

抬眼花枝发，透窗鸟语歌。

心为之所动，诗绪漾微波。

86. 得胜令【辛丑杂感】

尘世一旋球，冬夏换春秋。

庚子匆匆去，迎来辛丑牛。

无休，历历晨昏昼；

唯留，文笺半屉收。

87. 演奏手风琴

少时迷此道，快乐享多多。

黑白双排键，宫商百阕歌。

一拉流雅韵，独奏播清波。

手指今犹巧，知音剩几何？

88. 山坡羊【花市】

香风成阵，花名难认，

五颜六状饶风韵。

气芳芬，色缤纷。

东君一令齐呼应，

尽是花中高上品。

花，已结群；人，也结群。

89. 华阴老腔

民间摇滚乐，锣鼓伴胡琴。

板凳当惊木，钟铃作玉砧。

齐鸣腾热血，一吼遏行云。

老汉关西唱，大江东去音。

90. 山坡羊【迎新春】

东方初曙，祥云罗布，

春霖初歇萌新绿。

燕莺呼，雀欢娱，

春来万物多佳趣。

户户门联祈吉福。

春，大字书；祥，大字书。

91. 早春

东风骀荡扫霾云，暖候催甦万木心。

姹紫嫣红开次第，南方土地早逢春。

92. 普天乐【微信群】

表真情，还思债。

图标一触，玫瑰新开。

点赞频，回鸿快。

每有新诗传天外。

看群中，各展其才。

好友未来，音图犹在，

聊慰离怀。

93. 殿前欢【春晚】

众皆看，荧屏节目演千般。

功夫杂技青衣旦，说唱吹弹。

明星秀靓颜，角色乔装扮，

布景灯光幻。

歌坛舞榭，舞榭歌坛。

94. 折桂令【新圩古渡口】

有水车，欲纺清流。古树遮阴，
修竹依楼。民厝邻街，青苔锈石，
桩系轻舟。
值写生，阶临渡口；堪旅游，水绕沙洲。
绿水悠悠，环境清幽。
可友汀花，可近飞鸥。

95. 番薯叶

青青番薯叶，身价与时殊。
昔日猪槽菜，今朝宴席蔬。
无关鲜食品，只为饫甘醑。
返璞归真好，三餐细搭粗。

96. 笔

书案一支笔，彬彬秀丽身。
腹中空有墨，无思不成文。

97. 尺

尺子测他物，用心仔细量。
唯因知己短，方识别人长。

98. 坦荡

唯求心坦荡，误会又何妨。

识己三思久，知人待日长。

99. 红绣鞋【退休乐】

风月无边无价，世人宜业宜家。

业成年老得余暇。

吟啼鸟，赋春花，

身心安乐煞。

100. 快活年【珠江广场】

袅娜秀挺小蛮腰，珠江如带飘。

东西双塔插云霄。

剧院双珠耀，楼宇玻璃罩。

规划好！

101. 醉扶归【追随春之脚步】

春自南方起，往北渐推移。

一待枝头蓓蕾披，便泄春消息。

欲测春期速迟，一路将春觅。

102. 柳条

湖边垂浅绿，飘拂荡悠悠。

不被风吹折，只缘柳线柔。

103. 山花

一俟春风浩荡来，群芳到处自由开。

山花不用人工育，姿色何输园里栽。

104. 水仙子【情愁】

无端忆旧引情愁，枕上翻腾往事勾，

思多入梦三更后。

青春无计留。叹人生，

几度春秋。三番虑，一点忧，

齐上心头。

105. 庆东原【村舍】

泥砖屋，作我家。

三分菜地支瓜架。

番茄发芽，牵牛放花，佛手生瓜。

何必玉为堂，村舍诚无价。

106. 游四门【讯梦】

思君日日未相逢，相约梦之中。

未知君梦同吾梦，细节可相同？

重！毕竟意相通。

107. 互联网

一张天大网，信息互联通。

尽管无形迹，人人入彀中。

108. 金字经【天路】

昔日连云栈，此时天路通。

隧道连桥跨彩虹。荣，

山花烂漫红。多年梦，

寨民欣脱穷。

109. 镜

镜里生虚像，乃由实所存。

若无明鉴在，安可识吾身。

110. 二进制

零壹多排列，阴阳万物生。

此中存哲理，非独运筹明。

111. 蟾宫曲【一生】

人生几度年华。年幼嬉游，

青壮离家。趋北行南，离乡去国，

飘泊天涯。

数十生徒培毕，两三般艺可夸。

昔日春花，此刻银发，老去无牙。

112. 卖花声【观某电视连续剧有感】

演员命运由编剧，角色功夫导演估。

剧终主角始捐躯。

冗长剧本，繁靡铺叙。

片酬高，集多何虑？

113. 池塘

素日平如镜，风吹漾碧漪。

唯因波浪动，方始有生机。

114. 毛笔

狼毫同玉管，运者笔之魂。

或写秋蛇迹，或书篆籀文。

115. 醉太平【宽窄巷子】

铺摊面街，货摆台阶。

巷深两侧尽招牌，张灯结彩。

名人故宅今犹在，成都小吃沿街卖，

商家院落敞门开，时宽乍窄。

116. 春晨

一天晨最好，睡醒脑精神。

池水浮花影，曦光映彩云。

和风诚适爽，空气益清新。

众鸟同吾意，齐鸣婉转音。

117. 春晨即景

老来多早起，漫步校园中。

人与鸟同乐，花和灯竞红。

云翻鳞比翅，池映虬垂榕。

吸入丹田气，冗思一扫空。

118. 梦中人

君乃梦中人，时从梦里寻。

天涯难得见，聊慰日思心。

119. 木棉树

建工楼左侧，一树木棉红。

火炬千支举，焰苗万瓣熊。

谁描立体画，我咏矗天容。

南国春来放，欣欣百日荣。

120. 浣溪沙【读唐诗元曲感赋】

寒假居家偶得空，唐诗元曲阅从容，

几多感慨涌心中。

环境古今桑海变，人情尘世略相同，

天伦友谊咏吟重。

121. 贺建党百周年

建党百周年，煌煌载史编。

巨轮行大海，破浪勇朝前。

122. 鞋

皮鞋虽贵美，未可陟高山。

秸草编成屦，攀登蹑岭巅。

123. 辛丑元宵

明月时时有，如今却不同。

中华差使者，友睦访蟾宫。

124. 观清明上河图感赋

一幅长图展市容，杂陈百肆显繁荣。

宋城民俗风情异，唯有马牛树木同。

125. 读诗感赋

长羡古人有异才，奇篇每自出心裁。

读诗万首谋神助，盼启灵犀一点开。

126. 元宵晚会

楼台亲水月亲人，湖里空中两玉轮。

为庆元宵佳节至，屏迎歌舞入家门。

127. 老树开花

元宵时节春光丽，白发犹贪恋物华。

美煞园中芒果树，老来兀自著新花。

128. 辛丑三八节感赋

谁道红颜闺阁秀，如今创业志凌云。

君看建院师生里，半是男装半是裙。

129. 悼秦佑国学友

六载同窗忆谊亲，深研声学写鸿文。

英才讵料从兹去，世上知音少一人。

130. 老来悟

老来益觉利名虚，陋室三间便适居。

友谊真情须惜重，能思体健足欢娱。

131. 楼居

高楼百座入云霄，你逐我追孰夺标。

万套新居装饰美，可怜楼价比楼高。

132. 背篓

一曲歌声记忆深，湘西山道土家人。

谁言背篓负担重，不及学童课业沉。

133. 雨中羡鸟

春雨来时尽日阴，更鞋撑伞怕侵淋。

抬头忽羡枝头鸟，晴服蓑衣只一身。

134. 舞蹈演员

满台欢舞转多轮，跳跃翻腾矫健身。

苦练功夫谋底事，唯求引力减三分。

135. 雁字

雁阵排成与墨同，人形大字写空中。

迎风展翅朝南去，似有指针藏在胸。

136. 禽语

树上鸣禽日日啼，几时欢喜几时凄？

何当识得鸟虫语，以便厘清难解谜。

137. 读古诗词感赋

只识诗词不识人，作家体貌未留痕。
万千读者万千脑，各据己思想彼身。

138. 前瞻

今天过了是明天，往路尤须仔细观。
注重先瞻轻后顾，只缘双眼长头前。

139. 惜童

起跑之初论胜输，你争我竞学功夫。
可怜孺子背包重，游戏时光去读书。

140. 浣溪沙【斋居一】

独坐红楼屏幕开，老年尤感学无涯，
　　查明词意索词牌。

不再招收新弟子，门前少有故人来，
　　清宁正好静心斋。

141. 浣溪沙【斋居二】

一首新词茶一杯，静时思绪入非非，
清斋偶有鸟声陪。

年迈犹生孺子趣，退休仍具好奇思，
乾坤宜用稚心窥。

142. 卜算子【吃在广州】

论吃在羊城，此话诚非假。
食肆沿街两列排，南北招牌挂。

方见卤盘拼，又见牛丸打。
香色撩人味道鲜，口水团团下。

143. 卜算子【南粤春色】

南粤好春光，花色争高下。
粉白殷红姹紫黄，处处三维画。

景色悦双眸，细想当惊讶。
始信东君识我心，不必先商洽。

144. 蝶恋花【大地风景】

大地风光规划巧，山岭冈峦，

总有溪流绕。

新叶嫩黄花色俏，五颜搭配真奇妙。

更有珍禽飞树杪，鸣叫关关，

尽是清欢调。

光景和谐声景好，人之所欲天知晓。

145. 卜算子【赠志勋】

五载幸同窗，结就无猜谊。

别后时通问候书，千里如邻比。

今又聚羊城，书法同参会。

如此深交似者何？车链和轮齿。

146. 鱼目与珍珠

鱼目混珠叹奈何？可怜鱼目比珠多。

真珠毕竟光难掩，鱼目岂能耐久磨。

147. 卜算子【人与花】

此次访云台，依旧花枝俏。

遍问群芳不识君，疑为苍颜老。

岁岁有春光，去岁花魂杳。

岁岁春花貌略同，都是芳龄妙。

148. 鹤冲天【街亭怀古】

高山深浒，蜀魏相争处。

要地号街亭，当回顾。

诸葛祈山出，为兴汉，挥师去。

马谡先行驻，扎营山上，欲断魏军援路。

惜哉汲水路遭阻，渴龙穷困住，

军机误。

北定中原计，全毁在，庸才虑。

纵有兵书助，沙场骄将，

终归恨遗千古。

149. 浣溪沙【读晏殊词感赋】

制诰文书识者稀，晏殊政绩孰回思？

词人佳句万人迷。

无可奈何花落早，似曾相识燕归迟。

淘沙浪过仅留诗。

150. 浣溪沙【世相】

一旦成名众竞抬，争朝烈火掷干柴。

喜欢与否实难猜。

应信民间多璞玉，莫疑今世有贤才。

尤期慧眼尽睁开。

151. 点绛唇【评价】

追捧名流，学音鹦鹉人无数。

名高声著，与实常相迕。

慧眼识珍，贵在先关注。

首发语，新标独树，

总有千人附。

152. 长相思【倒影】

湖岸青，湖中青。

柳色环湖湖水平，

春光扩几成。

江外灯，江里灯。

江映灯光分外明，

耗能同未增。

153. 踏莎行【咏李清照】

闺阁诗人，女中翘楚，作词总有惊人句。
不输秦晏与苏辛，千秋万世人称许。

旷世奇才，才华天予。谁言生子强生女？
生当人杰鬼当雄，孰能吐此豪言语？

154. 饺子

每逢佳节此先尝，热气腾腾喜气洋。
薄薄面皮包不住，锅台飘出诱人香。

155. 沙尘暴

黄尘滚滚密麻麻，幸有层纱护嘴巴。
愿挽天河浇北地，京城不再降胡沙。

156. 清平乐【某君减肥】

容颜易老，影子犹如早。

只是身躯微胖了，未有年轻时俏。

人言辟谷消腰，身材可葆苗条。

故此减餐粮粟，每天慢跑三遭。

157. 北方沙尘暴

风卷黄沙万里行，弥天尘暴欲埋城。

还须植树亿千顷，固住荒原染色青。

158. 自遣

平生足迹遍中华，独自飘蓬四海家。

影子不随容貌老，贴身相伴走天涯。

159. 春雨

风摇千叶扇，雨滴万颗珠。

连夜春霖降，清波欲满湖。

160. 戏作

有女立婷婷，妾身尚未明。

相逢嗟太晚，恨不亦迟生。

161. 四块玉【大雪】

霰粒赊，晶盐泄，飞雪莹莹覆丘垤。

山原一色银光射。

白玉阶，荒莽野，无甚别。

162. 早春二月

二月里来气转温，新装五色扮城村。

万千蓓蕾睁初眼，争睹人间绚丽春。

163. 辛丑咏牛

咏牛适丑年，应细辨媸嫣。

双角尖而硬，四蹄韧且坚。

艰辛甘食草，勉力苦耕田。

人类忠诚友，自然有善颜。

164. 观鸟未识

丛间莺燕乐喧阗，羽翼茸毛色彩斑。

不辨此禽殊别鸟，只缘未作细深研。

165. 流体与固体

气水皆流质，可容鱼鸟翔。

如为凝固体，束缚定成僵。

166. 微雨

水汽无形升上天，冷凝聚集作云团。

筛成细末纷纷下，微雨蒙蒙湿旱田。

167. 卜算子【闻批评感赋】

听惯赞扬声，偶得批评语。

如水淋头令脑清，感谢真言吐。

玉亦有瑕疵，人岂无差误？

识短知长获益多，君子需良辅。

168. 卜算子【诗词微信群】

群上发诗文，引玉抛砖石。

推进诗词国粹荣，吾辈齐担责。

创作共交流，疑义相分析。

乐盼滔滔后浪追，江海潮流急。

169. 牙膏

居行皆必备，每日数相亲。

满腹膏胶白，一门口齿馨。

轻摩牙欲净，力挤物犹存。

油垢逢天敌，自清还洁人。

170. 题铭诚书院

铭记院名在脑中，以诚为本木欣荣。

交流学术尤须信，立足人间此共同。

171. 相见欢【忆赴墟】

儿时岁月悠悠，不知愁。

喜与娘亲一道，赴墟游。

观农贸，尝鲜果，看牵猴。

恨不时光倒溯，水回流。

172. 浣溪沙【三星堆】

历史沉沉覆土层，一朝发掘现文明。

辉煌古物世皆惊。

神话如今成现实，虽无文字赖音声。

几多疑问待澄清。

173. 人生起落

顶峰一过顺坡降，谷底犹行转上攀。

月满还亏恒若此，人生起落本平凡。

174. 爱乐

音乐不单人类爱，闻歌骏马亦翩跹。

对牛奏曲非愚举，可使奶增乳益甜。

175. 读古诗感赋

捧读古诗词，非非作远思。

先贤如在侧，此刻溯当时。

花鸟同相识，世情亦可知。

今人追昔易，穿越赖神驰。

176. 游四门【蜘蛛】

蜘蛛乃是大英雄，八卦网悬空。

守株待兔强丝控，八足显威风。

攻，捕食众昆虫。

177. 蛇毒

蛇如何制毒，科学未厘清。

腺体酶酸泌，器官蛋白生。

或能侵血液，或可害神经。

解药精心配，深研揭秘明。

178. 赞哈密瓜

皮色金黄肉亦黄，啖瓜一口口噙香。

果然哈密甜如蜜，地借果名扬四方。

179. 郊外的晚上

时光最是青春好，约会城郊夜已深。

愿诉缠绵千句语，赢来少女一颗心。

180. 大棚种植

瓜菜迁居住进房，控温控湿透阳光。

从兹告别露天宿，美煞棚旁地里秧。

181. 贺清华百十周年庆

清华已过期颐岁，百十周年校史煌。

学术深研成果硕，文源赓衍续流长。

几番发展规模巨，数度革新实力强。

弟子八方来庆贺，高山仰止业恒昌。

182. 节节高【高铁】

箭离弓射，野驰高铁，匆匆去也，

方来忽灭。

两地城，千山距，十刻越。

不比飞机慢些。

183. 拍花

园里春来众蕾开，手持徕卡独徘徊。

因怜日后群芳谢，摄得花颜永不衰。

184. 粤剧

粤语梆簧入唱腔，荔枝一曲遍城乡。

大师代代相承继，老凤新雏声俱扬。

185. 白鹤子【初夏】

众花方脱落，绿叶织枝头。

知了试新声，小果青如豆。

186. 塞鸿秋【阅名片】

张张名片台前阅，故人依次心头列。

几多往事随明灭，搜寻记忆须凭借。

人生路漫长，辗转谋功业。

抚今追昔情犹热。

187. 清华百十周年校庆晚会

清华学子多才艺，乐舞歌吹不压身。

校庆台前轮作秀，科研队里辄超群。

水平已与明星近，节目难同春晚分。

相聚今宵诚美好，师生宾客共销魂。

188. 叨叨令【阅古文鉴赏辞典感赋】

篇篇典范镶珠玉，勤抄满册皆名句。

堪铭座右时温故，先贤与我倾心诉。

益匪浅也么哥，益匪浅也么哥。

文华灿烂香浓郁。

189. 赞清华上海校友会合唱团

志同道合老龄人，地北天南聚在申。

回忆清华文艺社，组团黄浦唱歌群。

曾经奉献青春岁，今又高吟时代音。

忘记年庚心态好，激情澎湃释余温。

190. 小女孩

喜怒无常小女孩，乍啼还笑究难猜。

不知顾忌随人看，唯要自由率性来。

晃晃初行身未稳，牙牙学语口勤开。

心中每刻思何事，记忆空存秘密埋。

191. 茶

双十八添木，字谜猜不难。

方经茶女采，又历铁锅燔。

水泡香闻郁，口噙味品甘。

中华原产地，早已五洲传。

192. 古稀

一过古稀心态异，人生已入晚秋天。

无多激素温般血，渐少浓情见靓颜。

常欲安闲居静室，唯求默虑写新篇。

夕霞灿烂光终减，应储余晖照永年。

193. 久旱逢雨

久旱淋春雨，皲皴地愈伤。

禾苗更莛色，树木洗尘装。

花卉增明秀，气温略清凉。

丰收欣有望，何虑伞高张。

194. 张弛

劳动节间暂得闲，张弛结合法乎天。

君知压缩波前内，总有稀疏介质圈。

195. 青年节感赋

曾经欣过节，因为正年轻。

今作前波引，尤期继浪腾。

青春绕活力，命运历初程。

羡煞老夫矣，何妨充后生。

196. 小蓝花

数朵小蓝花，观形似喇叭。

谦谦知逊让，默默不矜夸。

岂美牡丹艳，无争月季华。

路旁开自在，春色蕴含她。

197. 跑步者

迎着晨曦跑，每天万步程。

均匀量幅距，左右动平衡。

欲减三分腹，希增数岁龄。

心期加入伍，懒字胆边生。

198. 咏鼎

友人贻我鼎，陶制响铿然。

两耳同三足，一尊等数餐。

腹宽宣大度，体稳自庄严。

国器声形茂，谁膺设计权？

199. 赞女童之笑

幼女扶车立，回眸笑粲然。

欢唯知畅达，乐未识遮瞒。

只为真心喜，因而似蜜甜。

春花无此美，能不美童年。

200. 红牛雕塑

木板上头立，红牛瓷塑成。

瞬间抓动势，恒久具冲能。

脊背高高起，尾巴曲曲擎。

丑年寓吉意，股市盼升腾。

201. 闻黄河大合唱感赋

黄河岸畔唱黄河，弦管涛声相应和。

君看滔滔东去浪，半为流水半音波。

202. 贺《小楼听雨》诗词平台在临海挂牌

小楼听雨建平台，临海今朝喜揭牌。
盼有更多新作品，高朋满座展文才。

203. 乌云

乌云密布晨如夕，江雨欲来风急驰。
应是群仙书法赛，磨成浓墨满天池。

204. 白玉兰花

他花多艳我花白，当与李梨色近同。
素洁从来人爱慕，春天岂只紫和红。

205. 龙井茶

青青数片云，绿意满杯匀。
细啜喉头润，深闻鼻底芬。
滋心添兴味，醒脑振精神。
龙井茶中冠，狮峰品更珍。

206. 看楼面垂直起舞感赋

垂直楼高作舞台，凌空表演畅心怀。
暂无引力碍身跃，总有缆绳防体摔。

仰面腾挪萌创意，抬头观看出新裁。

云中男女翩翩鬐，疑是天仙结队来。

207. 莲雾

乔木高高果似花，粉红娇嫩满枝华。

疑因白蕊落苞早，待到春迟再结葩。

208. 天问一号成功着陆火星

天问如今降火星，历经八亿里征程。

遥遥十月宇航路，光焰殷殷磅礴行。

209. 观鹦鹉怒叱毁笼者感赋

鹦鹉岂容毁宅园，词严义正羽冲冠。

高声怒叱入侵者，禽鸟亦知维己权。

210. 花束

卅朵鲜花带束身，缤纷锦簇散芳芬。

昔时随意生多处，今日因缘组一群。

纵为离根开不久，却由附液葆经旬。

有情毕竟将枯萎，所幸曾将靓影存。

211. 殿前喜【鹤】

白毛凤翼足高长，翔云栖荡莽。
颈修顶赤寿难量。头上昂，声洪亮。
明睛远视任徜徉，仙家披皓氅。

212. 老年合唱团

晚岁欢欣益寿年，志同趣共伴丝弦。
花团总比孤芳美，合唱歌声欲破天。

213. 缅怀袁隆平院士

万众尊崇袁院士，只因民以食为天。
一人可缴千人谷，二亩能当四亩田。
农业科研开异域，杂交水稻领前沿。
论文写在川原上，胜过期刊发百篇。

214. 缅怀吴孟超院士

肝胆外科第一刀，回春妙手品弥高。
厘清术法供模仿，深入禁区作治疗。
游刃能分多叶段，切瘤不剩半丝毫。
仁心大德怀千众，医圣当推吴孟超。

215. 赞钟南山院士

巍巍南方一座山，悬壶济世胆肝丹。

当年忘我消非典，今日挺身抗毒冠。

致力探明呼吸病，潜心攻克诊疗关。

功勋载入华医史，堪与时珍立并肩。

216. 赞屠呦呦女士

立足中华膺诺奖，呦呦大殿鹿鸣声。

多年研制青蒿素，数载提成抗虐晶。

检索古方明路径，治疗顽疾救生灵。

从今刮目看巾帼，天宇煌煌耀女星。

217. 口罩

四肢躯干有衣装，羡煞鼻梁与口腔。

今日盼来纱罩戴，镜前乐得细端详。

218. 抗疫

新冠病毒地球游，轨迹随机人尽愁。

但愿无缘来邂逅，尚需灵药祛灾忧。

219. 浣溪沙【国家公园】

林莽茫茫不见边，鸟禽花果共家园，
猿猴自在荡秋千。

瀑布岩边鸣渐渐，清流石上响溅溅，
自然声景赛丝弦。

220. 赴京机上口占

搭乘银机万里游，白云为垫任悬浮。
天穹拭就琉璃碧，一盏圆灯嵌上头。

221. 大棚

村落周围筑大棚，人居宅院菜居厅。
千年露宿从兹别，作物自然品质升。

222. 浣溪沙【友谊宾馆】

围绕庭园建馆楼，花池树石构清幽。
中西风格作装修。

友好热情迎贵客，和谐团结会名流。
几多要事此筹谋。

223. 见老树开花感赋

老树新花岁岁开，人生春季不重来。

冬秋亦有梅和桂，念此消忧慰我怀。

224. 见耄耋老人感怀

白发苍苍年事高，君之今日我明朝。

人生难葆青春永，看过花开看叶凋。

225. 儿童节忆童年一

人之初喜玩，性自爱溪山。

榕树阴嬉水，柳枝背捕蝉。

岂愁书袋重，不觉考题难。

记忆多留美，开心又一天。

226. 儿童节忆童年二

欣迎六一节，减岁返儿童。

削竹成刀剑，选桠制弹弓。

重温列国志，再捕小昆虫。

唯在自然里，方知趣味浓。

227. 浣溪沙【航班】

天际银机自在航，云波气海望茫茫，
周遭沐浴太阳光。

倒水供餐娴少女，保安驾驶俊儿郎，
经营往返一华堂。

228. 浣溪沙【联防抗疫】

近日全民检测忙，只缘病毒又猖狂。
有人绿码转成黄。

行迹追踪寻患者，疫苗速打护安康，
联防抗疫筑高墙。

229. 雨后

数阵霖淫数阵风，初晴天际现霓虹。
街衢洁净凭谁扫？树叶青葱赖雨冲。
热暑降温凉几许，方塘涨水皱多重。
倘能涤荡新冠去，玉宇澄清万物荣。

230. 萧史与弄玉

穆公有女善吹笙，每日凤台发妙声。
佳偶难求思未得，萧郎可遇梦相逢。
宫商协律珍禽集，夫妇和鸣明月升。
不食人间烟火食，乘龙快婿紫云登。

231. 瀑布制衣

瀑布千年挂未收，因存不竭水源头。
何当剪取三寻去，制作凉袍夏似秋。

232. 阅中学校友录感赋

前辈未逢晚不知，其间数届幸同时。
姓名乍览音容现，往事回思细节遗。
昔日友朋多久别，当年师长半长辞。
故园常在梦中访，挽住辰光乏计施。

233. 虚心竹

竹子中虚节节高，天知力学把心掏。
耐拉耐压抗弯曲，何惧东南西北飚。

234. 老花眼

老来近读加花镜，视力如前视物明。

然则观人观世象，清深尤感胜年轻。

235. 钢笔与毛笔

墨水自来任尔书，均匀浓淡避洇枯。

然而欲与挥毫比，神韵风姿总不如。

236. 牡丹花一

春来园圃放奇葩，彩结绢裁灿若霞。

毕竟老天谙艺术，牡丹塑就众皆夸。

237. 牡丹花二

开满南枝开北桠，风姿绰约倚篱笆。

东君应长千千手，一夜扎成万朵花。

238. 登百步梯

校内路南百步梯，欲爬仰首望云霓。

待登坡顶方知晓，早有黉楼此奠基。

239. 清晨闻鸟语

树上鸟儿啭互随，何邦外语惜难知。

唯从声调皆欢快，猜是歌吟或唱诗。

240. 读史偶得

楚王好细腰，宫女欲苗条。

饿死犹思至，三休台上摇。

241. 赞风电

不管冬春与夏秋，每分叶片转多周。

远超公主摇蕉扇，巧驭风神变电流。

有意降低排碳气，无形减少耗原油。

狂飙助我千钧力，欲缓升温益地球。

242. 拐杖

亘古一谜奇，老年三足支。

比儿孙近体，效伴侣齐眉。

沿路频频点，随君步步移。

竹藤怀爱意，共赏夕阳欹。

243. 池塘夏景一

蝉在树梢唱暑歌，时翔飞鸟似穿梭。

柳丝欲与池塘恋，无限柔情吻水波。

244. 池塘夏景二

水起涟漪影未清，环池柳绿衬花明。

因迎光照色方显，为有风吹波始兴。

245. 家常

女儿每日荧屏现，只是三维少一维。

时语偶歌声脆脆，乍颦还喜笑微微。

穿空可购图书至，隔海能教膳食炊。

影像稍宽思念苦，天涯拉近在周围。

246. 谜诗六

喉咙一振靓音生，既发男声亦女声。

口技超常模乐队，诸多名曲任君听。

247. 沙漏

引力略同阻力衡，均匀落速计时程。

流光不似流沙尽，尚可重新倒向行。

248. 香菇

一茎独撑伞，未知护者谁。

唯张难复闭，默默散清菲。

249. 徽墨

凝成墨块且含馨，乐与砚台近互亲。

自愿消磨甘耗尽，化为妙迹永留存。

250. 咏老荔枝树

荔树老来育未央，盈枝累累满园香。

年年奉献红甜果，自己何曾试品尝。

251. 华工建筑红楼

建筑红楼构美图，半因两侧树扶疏。

若无植物相陪衬，屋宇虽佳势亦孤。

252. 神舟十二号载人飞行

英雄结伴搭神舟，入住天宫久逗留。

中国人当星际客，地球回望美无俦。

253. 潜水艇

又能浮水又能沉，逐浪巡游似巨豚。

海里潜踪无觅处，唯凭声呐可追寻。

254. 读史偶感

无锡一名天下清，秦师雄扫楚齐兵。

可怜田建囚饥死，松柏终归不摄生。

255. 蓦山溪【儿童嬉戏】

环湖路上，双手扶车手。踏轮驶如飞，

相追逐，一群童友。

初春季节，宛似燕穿梭。

盘旋久，度丝柳，彼此争先后。

欲留倩影，暂驻欣回首。笑脸对娘亲，

白衬衣，茜裙巧绣。

亭亭玉立，吸引路行人。

年方幼，花枝秀，未到愁时候。

256.联防

核酸检测怕呈阳，绿码荧屏忌转黄。

变异新冠传染易，手机在手助联防。

257.五大道

当年租界地，今日旅游区。

不乏名人宅，曾多贵胄居。

中西谋合璧，南北列长衢。

万国洋楼荟，津门风貌余。

258.咖啡

咖啡佳饮料，每日藉提神。

褐豆磨浆细，玉杯盛液醇。

堪同茶媲美，可伴奶增芬。

有助维精力，品余齿舌馨。

259.梧叶儿【三名航天员入住天和舱】

空间站，人造星，依轨作飞行。

神舟发，赴远征，载人升。

三勇士，天宫扎营。

260. 机上口占

天上积棉花，白光耀日华。

仙娥随手纺，织就万寻霞。

261. 诏安祖宅

丹诏余官道，吴庄祖宅存。

泥雕犹在壁，石鼓尚依门。

井涌百年水，楼围四点金。

儿时朦印象，再访觉温馨。

262. 美人照镜

美人持镜照，方识己姿容。

眉黛双边翠，桃花两面红。

明眸相对视，靓影实虚逢。

欲赏清清像，研磨不惜功。

263. 卜算子【参加毕业典礼感赋】

典礼进行时，更觉青春好。

舞蹈歌吹且尽欢，相视盈盈笑。

衣学位长袍，互摄荧屏照。

回忆当初亦少年，憧憬知多少。

264. 卜算子【泥人张彩塑娃娃】

张氏捏泥人，传统之雕塑。

市井芸芸百态呈，巧匠多关注。

赠我一娃娃，憨态饶佳趣。

色彩鲜明栩栩然，抱鲤荷花护。

265. 退休老汉

双手转双球，踏轮自在游。

欲求增岁月，宜忘计春秋。

昔日勤工作，今天乐退休。

儿孙当有福，何必杞人忧。

266. 卜算子【忆儿时读说唐】

幼读说唐书，好汉从头数。

思有刀枪握手中，自砍南山树。

欲做小罗成，持剑园中舞。

侠义情怀梦里圆，可惜无师父。

267. 盆花

学生赠我一盆花，红叶舒张护素葩。

每日清晨勤洒水，春光缕缕照吾家。

268. 写在建筑物理大会闭幕之际

长空悲落数颗星，幸有莘莘众后生。

声热和光齐探索，人居环境质提升。

269. 闻美国乐团演奏"一条大河"感赋

管弦共振泻音波，汇就一条宽浪河。

旋律动听谁不爱，洋人今亦奏华歌。

270. 夜因蚊扰不寐戏作

总在头边唱凯歌，大人无奈小虫何。

终因蚊扰难成寐，吟就打油四句多。

271. 大学茶餐厅

先前发电所，今日改餐堂。

供应中西食，掺糅茶奶香。

师生时聚会，文理偶磋商。

山海聊天罢，思维或闪光。

272. 微信图标

手机微信储图标，此送彼收越九霄。

欲达心声何必语，唯须选击表情包。

273. 西湖塔影

折射移来山塔影，西湖云际暂栖身。

天光实景相谐美，欲与雷峰认至亲。

274. 七弦琴

七弦丝乐君，纯律夹三分。

桐木张华索，沼池扩美音。

嵇康长作赋，司马擅弹琴。

徽嵌钟山玉，识心待至人。

275. 浣溪沙【为附中初中毕业典礼而作】

园圃夏来绿满畦，学生毕业喜盈怀。

三年此地作书斋。

感谢园丁耘且籽，幼苗嫩木渐成材。

欣欣移向别园栽。

276. 梅瓶

瓷瓶姿玉立，小口可噙花。

云破天青釉，梅开赭赤霞。

翩跹雏雀比，虬曲老枝斜。

陋室陈佳品，何输豪富家。

277. 黄叶自叙

绿叶高高黄叶低，忍同碧树作分离。

曾经我亦青葱过，护本从兹愿化泥。

278. 清华简

竹简纤纤近尺长，数符文字记多章。

先秦历史凭重考，幸避焚书久匿藏。

279. 台风天

台风擦过满天云，海雨将来骤降温。

难得清凉三伏日，暂移南粤近昆仑。

280. 货币之演变

贝壳铜钱金与银，囊中钞票带随身。

如今一卡行天下，亦可微屏扫码纹。

281. 贺杨倩勇夺首金

十米弹飞射靶心，穿杨果是技超伦。
零零之后英才出，气定神闲勇夺金。

282. 河南洪灾感赋

倾盆大雨降中原，忍看城乡被水淹。
灾后当思规划计，千年良策应安澜。

283. 赞侯志慧举重夺冠

举重若轻欣夺冠，千钧铁块等泥丸。
浑身能量瞬间发，已把杠铃托过巅。

284. 贺孙一文击剑夺金

又闻奥运夺金牌，击剑英雄实壮哉！
三尺青锋挥凛凛，早驱对手落高台。

285. 茶叶

此叶远超他叶香，因而待遇不寻常。
南山北岭多栽植，未等枯黄早采藏。

286. 贺女子双人 3 米跳板跳水夺冠

跳板双人组合佳，空中且看燕姿婷。

高难动作从容秀，跃入深池压水花。

287. 赞李发彬举重夺冠

须眉果出夺魁才，力士如山立举台。

手里轻轻擎重物，胸前闪闪挂金牌。

288. 贺泉州申遗成功

东方第一港，古代刺桐城。

千载繁华续，万邦辐辏迎。

多桥通海路，众寺聚高朋。

商贸宋元盛，申遗今日成。

289. 东京奥运会一

东京奥运绾人心，奋起群英竞夺金。

未受疫情多影响，时闻记录又更新。

290. 东京奥运会二

生机半月荟东京，万国健儿竞技能。

举世狂欢观赛事，光荣莫仅论输赢。

291. 贺张雨霏 200 米蝶泳破奥运纪录

婉然蝶后击清波，一路领先奏凯歌。

二百游时重记录，她人欲破费蹉跎。

292. 记女子 4×200 米自由泳接力刷新世界纪录

发令一声鲤跃渊，三番接力奋争先。

依稀数载金牌梦，赢得东京奏凯旋。

293. 贺汪顺 200 米个人混合泳夺冠

入汪真是顺，蝶仰又蛙爬。

一路英姿发，鲲鱼激浪花。

294. 飞人葛曼棋

飞人葛曼棋，跑道胜骃骐。

得意东京赛，趁风奋马蹄。

295. 记羽毛球混双夺冠

白羽往来飞，恐其落地垂。

轮番前后击，夺得冠军归。

296. 记女子百米决赛汤普森破尘封三十三载奥运会纪录

跑道骎骎八骅骝，风驰电掣看腾骧。

体坛代有天才出，卅载奇峰再耀光。

297. 飞人苏炳添

枪声一响箭离弦，驰骋赛场苏炳添。

九秒八三新突破，亚洲飞将令名传。

298. 赞巩立姣获铅球冠军

力送铅球向远方，心期重物亦飞翔。

推姿速度谁人胜，一掷便知孰短长。

299. 记卢云秀夺帆板金牌

他人掌舵我操帆，绕着航标驾小船。

趁势借风迎海浪，金牌凭俺楱中探。

300. 记罗哈斯破三级跳世界纪录

凌空三跳进沙坑，神鹿奔驰化动能。

且看腾飞弧线美，创新纪录世皆惊。

301. 记瓦尔霍姆破 400 米栏世界纪录

栅栏十架轻松跨，跑道一圈快速腾。

逐鹿先赢凭捷足，全新纪录瞬间生。

302. 路边小吃

路边小吃秀功夫，世俗乡情各地殊。

巷尾街头人济济，既尝美味又观厨。

303. 真情无价

回首人生多少缘，皆成往事迹如烟。

真情无价堪珍惜，藏在心中秘未宣。

304. 记杜普兰蒂斯撑竿跳夺金

鲤鱼今日欲成龙，仰望门高架半空。

凭借长竿撑托力，纵身一跃入苍穹。

305. 赞乒乓球夺金国手

小球台上响乒乓，往复描弧闪白光。

扣挡搓拉多面手，常教终点落他方。

306. 记自行车赛夺金高手

你逐我追不让些，离心力使体倾斜。

终端掠过飞车影，重现奖台最顶阶。

307. 赞二十公里竞走高手

戴宗再世步流星，日本街头矫健行。

双脚甩开匀速迈，量完四十里征程。

308. 赞全红婵

雏燕优于老燕姿，高台跳水美无疵。

天才少女横空出，绰约惊鸿照泳池。

309. 赞跳远高手

跑道奔驰赛骏骅，板前一跃捷如蛙。

瞬间暂失地心力，且看雁飞落远沙。

310. 赞男女接力跑赛队

最是赛场夺眼球，环圈接力竞骅骝。

轮番交棒传飞驿，齐进八强凤愿酬。

311. 艺术体操竞赛一瞥

女郎五位着花衣，各展奇姿又整齐。

短棒圆圈为道具，体操艺术令人迷。

312. 花样游泳竞赛一瞥

水上芭蕾众蕊开，浪声伴着乐声回。

人鱼果是惊人艳，花样泳姿竞夺魁。

313. 赞刘诗颖标枪一掷夺金

瞬间发力聚千钧，远送标枪插绿茵。

勇夺金牌凭一掷，今朝慰得五年心。

314. 水球竞赛一瞥

陆有足球水手球，竞争多靠奋身游。

射门配合凭机巧，为拔头筹全力投。

315. 消执念

一旦想通执念消，心中块垒瞬间浇。

常人多受陈规囿，试把庸思脑后抛。

316. 足球竞赛一瞥

足经训练巧如手，双脚盘球球附人。

君看中锋飞腿起，凌空射入对方门。

317. 赞跳高竞赛高手

一蹬腾身强力弹，翩翩舒臂面朝天。

虽无彩凤双飞翼，照样翻空跃过竿。

318. 雨夜

暂消暑热雨连天，间有雷鸣远处传。

一觉深宵迷梦醒，鸟声滴响伴无眠。

319. 阅马大猷师书函贺卡感赋

书函贺卡悉珍存，每每睹之如睹人。

教诲谆谆犹在耳，阴阳惜已两离分。

320. 花颂

春来众蕊放无声，呈现七颜与百形。

花不自夸姿质美，唯将本色任人评。

321. 赞空调

古为伏天伤脑筋，权豪避暑到山林。

也曾冰窖储冰块，不及空调冷气侵。

322. 读《病梅馆记》感赋

尝以病梅欹曲美，自珍顺纵欲疗之。

解其棕缚任其长，舒展天然悦健枝。

323. 蝴蝶兰情思

疑蝶疑花两未知，迟迟不起歇多时。

停飞非是因慵懒，应与柔枝相恋痴。

324. 养老院

缘到暮年始结群，有儿未必享天伦。

苍苍白发寡言者，曾是风流倜傥人。

325. 名与人

名字同人结世缘，身亡伊尚在尘间。

休教尔号蒙君耻，应令其芳百代传。

326. 怀念中学音乐老师魏德亨

一架钢琴播德音，谱成旋律永铭心。

长开慧眼培佳木，每奏"巴扬"便忆君。

327. 长征火箭放卫星

神箭威严立架中，一朝点火即升空。

须臾飞向苍穹去，天际吐珠舞玉龙。

328. 空间站

空间站建适居房，迎接英雄住久长。

识得地球真面目，只缘身在外天舱。

329. 辛丑感赋

世上防难攻更易，尖矛常刺盾牌深。

楼修十载弹三秒，堤展千寻穴五分。

人体复繁宏系统，微生纤细简基因。

可怜低等危高等，病毒入侵辄害身。

330. 沙巽冻

闽南沙巽冻，原料海滩虫。

除脏冲清水，熬汤盛小盅。

凝成疑琥珀，冷却若琳琼。

谁倡此珍食，人言郑成功。

331. 读家严"哭森儿"悼文感赋

读毕悼文泪湿襟，唯凭想象识兄亲。

可怜魂断孩提岁，痛煞椿萱日夜心。

332. 月之遐想

月儿高挂在云天，熠熠清辉射素盘。

不为环山迷玉兔，岂因深谷失婵娟。

沉灰脉链形如桂，玄武熔岩状似蟾。

科学教人明实相，传奇依旧想联翩。

333. 观残奥会感赋一

赛场拼搏忘伤残，直令吾侪何以堪。

不可能中奇迹现，此番励志胜箴言。

334. 观残奥会感赋二

身虽伤残心未残，唯知努力不知难。

多年苦练终无憾，赢得世人刮目看。

335. 宣纸

不论生宣与熟宣，任君泼墨任君渲。

一张素纸原廉价，妙手描成值万钱。

336. 再议光景

光影蘸毫绘景奇，浓渲淡染两相宜。

不求炫目增能耗，特色城乡意境遗。

337. 闪电之遐想

聚得阴阳巨电能，瞬间释放照天明。

何当储入南方网，点亮千家万户灯。

338. 忆儿时慕少先大队长三杠臂章感赋

好胜之思哪个无？基因内蕴现人初。

童年心事至今忆，羡煞他娃三杠符。

339. 男儿感动泪须弹

男儿感动泪须弹，压抑当防伤肺肝。

难道无情真杰士，谁人心海不生澜？

340. 教师节感赋一

每逢师节感师恩，知识泉甘润木根。

数次移栽成大树，浓阴再护嫩枝伸。

341. 教师节感赋二

爱生最是感师恩，薪火相传代代轮。

所幸多年膺教席，欣看林木已森森。

342. 清平乐【诗人】

笔尖磨锐，写尽千般思。

世事用心观细致，品咂其中真味。

诗人应具思聪，目光自不相同。

一旦点睛功就，众人齐见飞龙。

343. 宠物

一日三餐食罐头，晨昏跶跶喜悠游。

嬉疲浴罢无他事，只为主人解闷愁。